KB078570

승유 장편 소설

FUSION FANTASTIC STORY

월드 플레이어

WORLD PLAYER

월드 플레이어 1

승유 장편 소설

초판 1쇄 찍은 날 § 2015년 7월 8일
초판 1쇄 펴낸 날 § 2015년 7월 15일

지은이 § 승유
펴낸이 § 서경석

편집책임 § 한준만

펴낸곳 § 도서출판 청어람
등록번호 § 제387-1999-000006호
등록일자 § 1999. 5. 31
어람번호 § 제1-2169호

주소 § 경기도 부천시 원미구 부일로 483번길 40 서경B/D 3F (우) 420-822
전화 § 032-656-4452 팩스 § 032-656-4453
http://www.chungeoram.com
E-mail § chungeorambook@daum.net

승유 장편 소설

FUSION FANTASTIC STORY

월드 플레이어 1

WORLD PLAYER

도서출판 청어람

월드 플레이어
WORLD PLAYER

CONTENTS

제1장

포탈(Portal)

"동원아, 수고 많았다! 내일은 쉬는 날이니까 뭐라도 좀 챙겨먹고! 살 좀 찌우라니까, 언제까지 그렇게 깡마른 몸으로 살 거야?"

"살은 뭐… 먹어도 영 찌지 않으니 말이죠. 살찌는 약 좀 있으면 사다 주시고요."

"야, 인마! 그런 배부른 얘기는 우리 딸이 들으면 바로 주먹 날아간다."

"언제든 권투 교습은 가능하다고 전해주세요, 후후."

"그래, 고생했어. 퇴근해라!"

"사장님, 다음 주 월요일에 뵙겠습니다!"

살을 에일 듯한 칼바람이 몰아치던 날이었다.

서울에 첫눈이 내리던 날.

함박눈이 내리는 번화가의 길거리 위로는 손을 꼭 맞잡은 커플들의 발자국이 짝을 맞춰 좌로, 우로 이어져 있었다.

새벽 4시를 훌쩍 넘긴 시간이지만, 어지간한 젊은이들에게 토요일 새벽 4시는 그야말로 불타는 시간이다.

주점과 편의점, 바(BAR)로 무장한 번화가의 길거리는 새벽 4시라는 시간이 무색하게 불야성이었다.

손끝이 갈라질 것만 같은 칼바람.

깊게 파고드는 추위에 동원은 지난주 겨우 장만한 오리털 점퍼의 주머니 속으로 손을 쑤셔 넣었다.

"더럽게 춥네."

정말 글자 그대로 더럽게 춥다.

올 겨울은 예년에 비해 따뜻할 거라더니, 이런 식이면 1월이 되면 빙하시대가 올 것 같은 느낌이다.

동원은 일기예보를 믿지 않고, 재고를 떨이 처분하는 아울렛에서 소신껏 오리털 점퍼를 산 것에 크게 만족하고 있었다.

안에 세 겹 정도의 옷을 입고, 오리털 점퍼까지 챙겨 입으면 아무리 혹한이라도 만사 오케이였다.

"후우."

칼바람이 잠시 멈췄다.

주머니에서 담배를 꺼낸 동원이 거리 위로 우뚝 솟은 빌딩들 사이로 만들어진 좁은 틈 사이로 들어가 담배에 불을 붙였다.

내년이면 이 담배도 2,000원 오른다고 한다.

한 개비에 125원을 주고 피던 것이 225원이 된다고 생각하니, 새삼 담배 한 개비의 소중함이 더 크게 느껴진다.

사재기를 하자니 돈이 없고, 담배를 끊자니 인생의 낙이 없을 것 같다.

이래저래 담배는 피워야겠는데, 조금이라도 줄이지 않으면 당장 내년부터 허리띠를 졸라매고 하루하루를 살아야겠지 싶었다.

"어, 오빠! 퇴근이에요?"

월요일부터 금요일까지 술집에서 일하는 동원은 금요일에서 넘어가는 날, 그러니까 토요일 새벽 4시에 퇴근할 때면 항상 익숙한 얼굴을 본다.

맞은편에 있는 H빌딩 4층의 바에서 일하고 있는 그녀다.

금토일에 일을 한다는 그녀는 매일 새벽 4시가 되면 어김없이 퇴근을 했다.

주말의 바라면 보통 새벽 다섯 시, 잘 풀리면 여섯 시까지도 계속 운영이 되지만 그녀는 항상 4시에 퇴근을 했다.

이유를 자세히 물어본 적은 없다.

매주 토요일 이렇게 인사를 한 지도 반년째.

한 번쯤은 바에 가서 그녀와 칵테일이라도 한 잔 기울여볼까 하는 생각도 해봤지만, 그러면 벌써 주거니 받거니 두 잔에 2만 원이다.

시급으로 따지면 4시간 남짓의 시급.

결코 적은 돈이 아니다.

단지 몇 마디의 얘기와 누구나 다 할 법한 호구 조사나 하겠답시고 2만 원을 쓰는 건, 당장에 이번 달 월세를 걱정해야 하는 동원에게는 사치였다.

그래서 매주 토요일 새벽 4시, 퇴근길에 15분 정도 그녀와 같은 거리를 걸으며 얘기를 나누는 것으로 만족했다.

겉으로는 어두운 밤길에 위험할지도 모르는 여성을 지켜준다는 멋진 대의명분도 있는 것이고, 속으로는 요즘 누구나 한 번쯤은 탄다는 '썸'이나 타보려는 것이다.

뭐, 아무 일 없으면 말고다.

팔자 좋게 연애할 여력까지는 없으니까.

"뭘 새삼스럽게. 항상 이 시간에 퇴근하는데."

"오빠, 진짜 재미없는 거 알죠? 내가 그럼 오빠가 이 시간에 퇴근하는 거 모르고 물어보겠어요?"

"춥다. 빨리 걷자."

"와, 이 오빠는 진짜… 뭐, 고생했다 라든가, 그런 영혼 없는 빈말이라도 할 줄 몰라요?"

"고생했어."

"…그냥 걷기나 하죠. 오빠는 여자 친구 생기면 꽤나 속 썩일 타입이에요. 그건 알아둬야 해요."

"지난주는 그렇게 내 칭찬을 하더니, 이번 주는 말에 가시가 박혔네. 오늘 한 소리 들었어?"

"됐어요. 걷기나 해요. 바닥 미끄러우니까 잠깐 팔 좀 빌릴게요. 이 정도는 괜찮죠? 뭐 또 여기서 나는 내 여자 친구가 아니면 팔을 내주지 않는다느니… 이런 조선시대 말 같은 거 하지 말고요."

"가자."

동원이 오른팔을 내밀었다.

그러자 그녀가 찬바람에 벌써 얼어가기 시작하는 손을 호호 불며 동원의 팔을 잡았다.

누가 뒷모습만 보면 이제 막 사귀기 시작한 그런 커플의 모습을 보는 것 같겠지만, 정작 두 사람은 서로에게 아무런 관심이 없다.

적어도 공식적으로는.

하지만 자꾸 마주치고 보다 보면 정이 든다고, 반년을 이렇게 매주 토요일마다 함께 퇴근을 하다 보니 알게 모르게 정이 든 두 사람이었다.

동원은 홀로 살아가는 쳇바퀴 같은 일상 속에 산뜻한 점 하나가 찍혀 있는 게 좋았고, 그녀는 그녀 나름대로 자신에게 치근덕대지 않는 유일한 남자인 동원이 편했다.

그녀는 자신의 이름이 '단비'라고 했지만, 동원은 알고 있다. 그녀의 본명이 아쉽게도 그 반대의 이름이라는 것을.

단비가 실수로 자신의 앞에서 지갑만 떨어뜨리지 않았더라도 영원히 그녀를 김단비라는 이름으로 기억했을 텐데.

김비단이라니, 요즘 이름 치고는 썩 어감이 좋은 이름은 아니었다.

뽀드득— 뽀드득—

"야, 눈 밟히는 소리 기분 좋네. 오빠는 올 크리스마스에 뭐해요? 이래저래 12월이고 이제 곧 연말인데."

"뭐 하긴, 일하지. 그날이 대목인데."

일하는 사람에게 공휴일, 기념일은 쉬는 날이 아니다.

평소보다 더 바쁜 날.

하지만 받는 시급은 똑같은 날.

개나 소나 축하 분위기에 들떠 있을 때, 인상을 가장 찌푸리게 되는 날이기도 하다.

그래도 이번 크리스마스에 기대를 걸고 있기는 했다.

사장이 크리스마스이브와 크리스마스에는 평소의 시급에 50%를 더 쳐주겠다고 했었으니까.

그래서 그날은 오픈 시간에 맞춰 나간 다음에 폐점 시간에 맞춰 퇴근할 생각이었다.

이틀 동안은 평소보다 2만 원에서 3만 원 정도 더 손에 쥐게 되는 셈이다.

"히히, 나는 그날 친구들이랑 클럽에서 보내려고요. 젊은 기운도 좀 받고 해야지. 아저씨들만 상대하니까 피곤하거든요. 어린 애들도 좀 보고 싶은데."

"재밌겠네."

클럽, 재밌을 것 같다.

가 본 적은 없다.

정확하게 말하자면 갈 시간이 없었던 것이기도 하다.

고등학교 졸업 이후, 복서의 길을 걸었던 자신의 삶은… 어찌 보면 그때부터 꼬였던 것 같았다.

모두가 극구 만류했던 복서의 길.

하지만 자신에게 펼쳐질 길은 다를 것이라 생각하며 뛰

어들었던 삶이었다.

시기가 좋지 않았다.

역대 최악의 침체기라 불릴 정도로 대한민국의 복싱 무대는 좁았다.

어쩌다가 잡히는 대전도 체육관 관장과 대전료를 5 대 5로 나누고 나면, 쥐는 돈은 정말 쥐꼬리만 했다.

4라운드에 40만 원.

나눠가지면 20만 원이었다.

그나마 그것도 복싱협회가 내부 비리에 관련된 여러 사건에 휘말리게 되면서 분위기가 뒤숭숭해진 터라, 어쩌다 잡히는 대전에서 겨우 저 수입을 벌어 나눠가지는 구조였다.

헝그리 복서라는 말은 정말 현실이었다.

배고파도 이렇게 배가 고플 수 없었다.

지난 7년을 돌이켜보면, 꿈은 누구보다도 컸지만 현실은 그 누구보다도 가난했던 나날들이었다.

결국 눈물을 머금고 복서의 꿈을 접고, 아르바이트를 하며 살아온 지가 이제 반년이었다.

단비는 자신이 새로운 삶에 도전하기 시작했을 때, 일 외적으로 만난 첫 번째 인연이기도 했다.

그래서 조금은 특별하게 느껴졌다.

뽀드득— 뽀드득—

계속 쌓인 눈을 밟으며 걸어가다 보니 단비의 말대로 기분이 좋았다.

두 사람은 한참을 말없이 걷고 또 걸었다.

평소 같았으면 재잘재잘 말을 털어놨을 단비도 오늘은 평소보다 조용했고, 그래서 동원은 조용히 사색에 잠길 수 있었다.

내년에 첫눈이 내릴 때면 자신은 무엇을 하고 있을까.

어떤 집에 살고 있을까. 그리고 얼마를 벌고 있을까.

이런저런 생각을 하다 보니 머릿속을 생각이 가득 채워, 단비와 함께 걷고 있다는 것조차 잊어버릴 정도였다.

파앗!

"꺄악!"

그때 전혀 예상치도 못한 일이 벌어졌다.

단비가 비명을 지른 것은 어두웠던 새벽하늘에서 순간적으로 터져 나온 엄청난 섬광 때문이었다.

함께 걷던 동원 역시 반사적으로 몸을 숙여 피했을 정도였다.

하늘 전체를 가득 덮어버린 눈부신 섬광.

구름 하나 없던 하늘이었기에 번개라고 할 수도 없던 것이었다.

혹시나 전쟁이라도 난 건가 싶었다.

지구 상 유일의 분단국가.

대한민국이라면 전쟁도 충분히 일어날 법한 상황이니까.

하지만 섬광은 딱 한 번 있었고, 그것으로 끝이었다.

"어?"

동원의 시선이 멈춘 곳은 머리 위였다.

방금 전까지 아무것도 없이 텅 비어 있던 머리 위에 정체불명의 무언가가 떠 있다.

검은 구(球).

보기에 지름이 50㎝를 넘을 듯한 구체가 풍선처럼 머리 위에 둥둥 떠다니고 있었다.

풍선이라고 하기에는 조금 크다. 하지만 풍선이 아니면 저렇게 떠 있을 수가 없다.

어디선가 날아온 거겠지.

동원은 그렇게 생각하고 놀란 가슴을 쓸어내리고 있는 단비를 부축했다.

이 현상은 두 사람만 본 것이 아니었는지, 거리를 걷던 다른 사람들도 무어라 중얼거리며 다시 제 갈 길을 걸어가고 있었다.

다행히 그 이후로는 아무 일도 없는 것 같았다.

*　　　*　　　*

"순간 나는 전쟁이라도 난 줄 알았어요. 오빠도 놀랐죠?"

"마른하늘에 정말 날벼락이라도 친 줄 알았지. 그런데 저 거 자꾸 신경 쓰이는데……."

다시 단비와 발걸음을 재촉하던 동원은 계속 머리 위에 서 따라오고 있는 검은 풍선을 짜증스럽게 쳐다보았다.

밤하늘의 달도 아니고, 풍선이 자꾸 머리 위를 따라오고 있으니 기분이 거슬린 탓이다.

"뭐가요? 어떤 게 신경 쓰여요?"

"이거 말이야."

이유를 모르겠다는 듯이 묻는 단비.

동원은 머리 위의 검은 풍선을 가리켰다.

어디 자신의 몸에 풍선과 연결된 끈이라도 붙거나 해서 따라오는 건가 싶었는데, 그런 것도 아니다.

"이거가 뭐예요. 오빠, 무슨 귀신 놀이해요?"

한데 단비의 반응이 이상하다.

아무리 눈이 나빠도 머리 위에 떡하니 놓여 있는 검은 풍 선을 보지 못할 리가 없다.

"안 보여? 지금 내 머리 위에서 계속 따라오고 있는 검은 풍선 말이야. 내 머리보다도 훨씬 큰 풍선인데."

"무슨 소리해요? 오빠… 술 마셨어요?"

"정말 안 보여?"

"그럼 내가 보이는 걸 안 보인다고 하겠어요? 오빠, 갑자기 왜 그래요, 무섭게… 정신 나간 사람처럼."

표정까지 굳는 단비의 얼굴에선 짜증이 묻어났다.

동원은 단비가 장난을 치는 것이라 생각했다.

곧잘 농담을 하던 그녀였으니까.

보이는 데도 모르는 척을 하는 거겠지.

"어디 이걸 보고도 안 보인다고 할지 보자고."

"아니, 오빠 진짜 뭐 하냐구요! 아무것도 없는데!"

동원이 스마트폰을 꺼내, 렌즈를 풍선이 떠 있는 허공으로 돌렸다.

화면을 가득 메울 이 검은 풍선을 보고도 안 보인다고 하면 정말로 눈이…….

"어?"

그 순간, 동원은 자신의 눈을 의심했다.

렌즈를 통해 보이는 머리 위에는 단비의 말대로 아무것도 없었다.

그새 사라진 걸까?

동원이 스마트폰을 내렸다.

그러자 방금 전까지 화면에서는 보이지 않던 검은 풍선이 다시 시야에 모습을 드러냈다.

다시 스마트폰을 교차시키니, 화면 안에서는 보이지 않는다.

"······."

동원은 태어나서 처음으로 등골이 오싹하는 느낌이 무엇인지 느꼈다.

내 눈에 보이는 이 거대한 물체가 바로 옆에 있는 사람에게는 보이지 않는다는 것이다. 심지어 스마트폰과 같은 촬영 가능한 기기에도 보이지 않는 것이다.

사진으로 찍어 보여주려고 했던 자신의 행동을 순식간에 바보로 만드는, 실로 황당한 상황이었다.

차라리 귀신을 보았다면 기가 허해서 헛것을 본 것이겠거니 했겠지만, 이래서는 정말 어찌 된 일인지 영문조차 알 수 없었다.

여전히 동원의 눈에는 검은 풍선이 보였다.

조금 더 자세히 시선을 두니, 손을 대면 펑 터질 것 같은 풍선이 아니라 묵직한 구체처럼 느껴졌다.

외곽의 테두리에서 묘한 미동이 일렁이는 것이, 마치 젤리 같은 것을 보는 느낌이었다.

제2장

스피어(Sphere)

"오빠, 나 오늘은 먼저 들어갈게요. 갑자기 기분이 급이
상해졌어. 어쨌든 바래다줘서 고마워요!"

"어, 들어가. 고생했어."

그러는 사이 갈림길에 도착한 단비가 방향을 틀어 자신
의 집으로 향했다.

동원의 괴이한 행동이 맘에 걸렸는지, 서둘러 발걸음을
옮기는 모습이었다.

인사를 하는 둥 마는 둥 단비에게 손을 흔든 동원은 다시
구체로 시선을 돌렸다.

말이 되지 않는다.

이 정도 크기의 구체를 못 볼 수가 있을까.

왜 스마트폰에는 저 녀석이 찍히지 않는 걸까?

헛것이라 하기에는 선명하다못해 너무 실감나게 뚜렷해서 부정할 생각조차 들지 않을 정도였다.

스으으윽.

"내려온다."

그때, 검은 구체가 서서히 자신을 향해 내려오기 시작했다.

동원은 살짝 뒤로 물러섰다.

무엇인지 알 수 없으니까, 어느 정도 거리를 두고 싶었다.

그 와중에도 동원의 양옆으로 몇 명의 사람들이 지나갔다.

하지만 그 어느 누구도 이 정체불명의 구체에 시선조차 두지 않았다. 정말 보이지 않는 모양이었다.

터억.

이내 구체는 동원과 1m 정도의 거리를 두고 지면에 내려앉았다.

짤랑짤랑.

동시에 옆에서 들려오는 자전거의 경적 소리.

자전거를 타고 있는 남자의 경로는 구체와 충돌하게 될 정면이었다. 이대로 가다가는 부딪힐 판이다.

"잠깐만요! 조심해요!"

동원이 그를 불러 세웠다.

이 속도로 부딪히면 자전거든, 탄 사람이든 곱게 끝날 것 같지는 않았으니까.

휘이이이―!

"이건……."

하지만 그런 동원의 말이 무색하게, 그는 그대로 구체를 통과해 지나가 버렸다. 그러고는 쓱 뒤를 돌아보며 자신을 미친놈처럼 쳐다보고 있는 것이다.

홍.

심지어 코웃음까지 치며 멀어지는 그의 모습에 동원은 더 이상 아무 말도 이을 수 없었다.

*　　　*　　　*

집으로 가는 동안.

구체는 계속해서 자신의 뒤를 쫓았다.

먼저 앞서지도 않고, 적당한 거리를 두고 쫓아왔다.

계속 뒤를 흘깃 보면서 걷던 동원은 이제 어느 정도 녀석의 정체를 받아들이고 있었다.

헛것을 보고 있다는 전제를 뺀다면.

지금 자신의 눈에 보이는 이 구체는 남에게는 보이지 않고 느껴지지도 않는 물체였다.

동원은 잠시 멈췄다.

다시 한 번 만져 보고 싶었기 때문이다.

동원이 서서히 다가오자, 방금 전까지 따라오던 구체는 더 이상 움직이지 않고 제자리에 그대로 있었다.

혹시나 해서 손을 갖다대 보니 살짝 손이 밀려들어 가는 듯하다가, 이내 튕겨져 나왔다.

더 힘을 주어 손을 눌러보았지만, 손가락이 잠길 정도까지만 들어가진 다음에는 더 이상 눌리지 않았다.

"흠……."

동원은 외곽을 차근차근 살펴보았다.

정면은 아무것도 없는 매끄러운 검은색 표면이었다.

그렇다면 뒤에는 무엇이 있을까.

구체를 중심으로 회전하던 동원의 시선이 구체 뒤의 정중앙에서 멈췄다.

앞에서 볼 때는 보이지 않았던 다른 것이 보인 것이다.

[ㅁㅁ:ㅁㅁ:ㅁㅁ] [ㅁㅁ:29:59]

"이게 뭐야?"

두 개의 시간이 표시되고 있었다.

왼쪽에는 생기를 잃은 회백색의 글씨로 숫자가 입력되어 있었고, 오른쪽은 붉은색의 글씨로 숫자가 입력되어 있었다. 그리고 그 숫자는 시간의 흐름에 맞추어 남은 시간에서 0초를 향해 카운트다운이 이루어지고 있다.

"도대체 이 시간이 뭔데?"

……

대답 없는 공허한 메아리만이 골목길을 따라 흩뿌려졌다가 다시 돌아온다.

이 정체불명의 구체가 나타난 것은 하늘에서 눈부신 섬광이 번쩍였던 바로 그 시점과 일치했다.

분명 그때 일이 벌어진 것은 확실했다.

한데 왜 그 일이 자신에게만 벌어졌고, 또 구체가 자신에게만 보이는 것일까.

섬광과 구체의 연관성은 짐작이 갔지만, 구체의 존재 이유를 알 방법이 없었다.

다만 붉은 글씨로 카운트다운되고 있는 시간만이 남은 시간이 지나고 나면 어떤 식으로든 일이 벌어질 것이라는 암시를 적극적으로 보여주고 있는 것 같았다.

"내 방에 들어오면 꽤나 거슬리겠는데."

생각하기 싫어도 해야 했다.

이미 한참을 따라온 이 구체가 집이라고 해서 안 따라올 것 같진 않았다.

자신이 아닌 대상에게는 물리적인 접촉마저 무시하는 것 같으니, 좁은 문을 통과하는 것은 일도 아닐 것이다.

동원은 우선 걷던 길을 마저 걷기로 했다.

다른 것을 생각할 겨를이 없이 추웠다.

초겨울 새벽의 칼바람은 점점 더 매서워지고 있었고, 길 거리에서 자신에게만 보이는 구체를 빤히 쳐다보는 정신병 자 같은 짓도 하고 싶지 않았다.

일단 모든 것은 집에 가서 생각할 일이었다.

*　　　*　　　*

"15분이 남았고 이젠 불을 환하게 켜놔도 보인다 이거 지? 내가 정말로 돌았거나 아님 진짜로 보이거나 둘 중에 하나다."

환하게 켜진 방 안의 불빛.

동원은 방 한쪽에 둥둥 뜬 채로 떡하니 자리를 잡고 있는 구체에서 시선을 떼지 못했다.

붉은색 글씨로 표시되고 있는 시간의 카운팅은 어느새 15분에서 14분대로 접어들고 있었다.

카운트가 멈출 것 같지는 않다.

혹시나 시간이 끝나고 나면 터져 버릴 수도 있겠다는 생각이 들었다.

하지만 도망쳐 봤자 따라오는 이 녀석을 뗴 낼 방법은 없을 것이고, 동원은 늘 하던 대로 하기로 했다.

세수를 하고, 손과 발을 닦고, 시원하게 물 한 잔을 마시고 나니 10분대로 접어들었다.

내친김에 샤워까지 할까 했지만, 오늘은 귀찮다.

동원은 냉장고에서 아끼고 아껴두었던 캔맥주 하나를 꺼내서는 방으로 향했다.

오늘만큼은 고생한 자신에게 작은 보상을 해주고 싶었다.

삑.

방으로 들어온 동원이 습관적으로 리모컨으로 티비를 켰다.

새벽 4시 30분.

보통 새벽 다섯 시부터 아침 뉴스를 시작하니 지상파에서는 아직까진 자사의 프로그램 재방송을 해줄 시간이었다.

"아, 이거 진짜 불편하네."

검은 구체가 둥둥 떠다니며 티비를 보려던 동원의 시야를 가렸다.

다 좋으니 시야만 가리지 않았으면 했다. 티비는 보고 싶었으니까.

휘익—

그렇게 생각하자, 마치 동원의 생각을 읽기라도 한듯 구체가 반대편의 방구석으로 위치를 옮겼다.

"내 생각을 읽은 거야?"

알아서 위치까지 옮기는 검은 구체.

동원은 놀란 표정으로 구체를 바라보다가 다시 티비 쪽으로 시선을 돌렸다. 마침 속보를 알리는 화면이 출력되고 있었던 것이다.

—GBS 뉴스 속보입니다.

"속보라면, 역시 아까 그 일 때문이겠지."

티비를 틀자마자 뉴스 속보에 관한 앵커의 목소리가 들렸다.

누구나 볼 수 있을 거대한 섬광 현상이 있었으니 속보가 되기엔 충분한 일이다.

혹시 그러면 이 정체불명의 구체에 대한 이야기도 해주는 것일까?

아무리 생각해 봐도 이 녀석은 이해가 가질 않는다.

도대체 무엇과 연관되어 있는 것일까.

—방금 전, 모든 도시의 시민들에게 관측될 정도로 엄청난 섬광 현상이 있었습니다. 4시 15분경의 일입니다. 그 시각, 서울역 앞 서울 스퀘어에서 정체불명의 현상이 확인되었는데요. 청소년들이 하는 게임에서 주로 사용되는 표현을 빌리자면 바로 포탈(Portal)과 유사한 형태의 모습이 보인다고 한다고 합니다. 현장에 나가 있는 이대수 기자 연결해 보겠습니다. 이대수 기자?

—예, 서울역 앞에서 이대수입니다!

—지금 서울 스퀘어 앞에 정체불명의 특수한 홀, 그러니까 포탈이 생겨났다는 게 사실입니까?

—예, 그렇습니다! 지금 제 뒤로 서울 스퀘어 9층까지 솟아 있는 저 붉은색 포탈이 보이십니까?

"저게 지금 서울역 앞에 있다는 건가."

촬영 카메라가 줌인을 하자 서울 스퀘어 앞에 우뚝 솟아 있는 붉은 포탈이 보였다.

말 그대로다.

주변의 모든 것을 집어삼킬 것처럼 이글거리는 붉은색 포탈이 있었다.

테두리 부분은 더욱 새빨갛게 빛나고 있었고, 가운데 부분은 공간이 왜곡된 것처럼 빛이 굴절되어 뭔가 보이긴 했지만 형체를 알아볼 수 없었다.

　[□□:□□:□□] [□□:□□:23]

　구체의 카운트다운은 계속해서 진행되고 있다.

　동원은 동시간대에 일어난 정체불명의 두 현상에 연관점이 있을 것이라 생각했다.

　속보의 내용에서 언급한 포탈의 생성 시간과 자신에게 검은 구체가 보였던 시간이 거의 일치했다.

　―도대체 저게 무엇인가요?

　―지금으로서는 알 수 없습니다! 아직 이른 새벽 시간이기 때문에 통행하는 차량과 시민들의 수는 많지 않지만, 아침이 되고 나면 많은 시민들이 목격 가능할 것으로 생각됩니다. 제가 좀 더 가까이 가서 현장을 살펴보도록 하겠습니다!

　기자가 성큼성큼 걷기 시작한다.

　바로 옆에 남대문 경찰서가 있다 보니 이미 경찰들이 나와 현장을 살피고 있었다.

　서울 스퀘어 앞 왕복 8차선 도로의 한 라인을 차지한 포탈은 지켜보는 것만으로도 위압감을 주기에는 충분했고, 덕분에 이따금씩 지나가는 차들은 최대한 끝 쪽 차선으로 붙어 피해가는 모습이었다.

　덩달아 촬영 카메라의 거리도 포탈과 가까워져 갔다.

동원은 숨을 죽이고 화면을 지켜보고 있었다.

혹시나 하는 마음에 스마트폰으로 인터넷 포털 사이트에 들어가 보니 이미 검색어 1위 자리에 '서울역 포탈'이 자리하고 있었다.

시간이 시간이다 보니 관련 기사들은 전부 '서울역 앞에서 정체불명의 포탈 확인' 이런 식으로 1보 기사들만 내보내고 있는 모습이었다.

─이대수 기자가 점점 포탈과 가까워지고 있는데요. 확실히 전례 없는 현상입니다. 가까이 다가갈수록 포탈의 엄청난 높이를 실감하게 하는데요. 이대수 기자?

어느새 기자는 포탈의 코앞까지 도착해 있었다.

티비를 지켜보던 동원은 자신도 모르게 침을 꿀꺽 삼켰다.

세기말, 종말 영화에서나 볼 법한 광경이다.

─예! 지금 이 포탈은…….

푸슈슈슈슈슉.

그때, 전혀 예상치도 않았던 일이 벌어졌다.

포탈에서 붉은색 연기가 뿜어져 나오기 시작한 것이다.

연막탄을 터뜨린 것처럼 순식간에 뿜어져 나온 붉은색 연기는 바로 앞에서 취재하고 있던 기자를 감쌌다.

그리고.

—끄아아아아악!

비명이 터져 나왔다.

카메라맨은 기자의 비명 소리에 황급하게 뒤로 물러서면서도, 기자의 모습을 영상에 그대로 담았다.

—으어어어억!

동원은 볼 수 있었다.

붉은색 연기에 몸이 닿은 기자의 몸이 마치 뜨거운 물에 담가놓은 얼음처럼 빠르게 녹아내리고 있었다.

고통에 찬 목소리로 허공에 손을 휘젓던 기자의 몸은 몇 초도 채 지나지 않아 연기 속으로 사라졌다.

—이대수 기자, 이대수 기자!

—…….

순식간에 벌어진 사고의 현장.

방송에서 모자이크 처리를 할 틈도 없이 벌어진 일이었다.

샤아아아아아—

포탈에서 뿜어져 나온 붉은색 연기는 5m 정도의 반경을 두고 보이지 않는 원형의 사각지대를 형성하고 확장을 멈췄다.

연기 같은 것이라면 공기의 흐름을 따라 점점 농도가 옅어지고 흩어져야 했지만, 그렇지 않았다.

마치 짙은 안개가 낀 것처럼.

붉은색 안개는 더 이상 범위를 넓히지 않고 멈췄다.

그 안에 있을 것으로 보이는 기자의 시신은 카메라맨이 어떻게든 앵글에 담아보려 했지만, 짙게 안개가 끼어 있어 그 안을 살필 수조차 없었다.

─이럴 수가…….

그때 옆에서 지켜보고 있던 경찰 하나가 조심스럽게 앞으로 다가섰다.

방금 전, 끔찍한 참상의 현장을 지켜보았던 터라 그는 안개 속으로 들어서지는 않았다.

하지만 들고 있던 삼단봉을 안개 속으로 삼분의 일 정도까지 쓱 집어넣었다.

이미 반쯤 넋이 나간 카메라맨이었지만 그는 놀라운 직업 정신을 발휘해 그 와중에도 속보 거리가 될 수 있는 경찰에게로 앵글을 고정시켰다.

파사사삭.

안개에 잠겨 버린 삼단봉의 끝에서 기분 나쁜 소리가 들려온다.

스으으윽.

이내 경찰이 삼단봉을 잡아당겼다.

"없어졌어."

안개에 잠겨 있던 삼단봉의 앞부분이 가루가 되어 사라져 있었다. 닿지 않은 부분만 그대로 남아 있었던 것이다!

—도대체 이게 뭐야!

경찰의 고함 소리가 터져 나온 후에야 속보가 멈추고 광고가 이어지기 시작했다.

눈 깜짝할 사이에 벌어진 사건.

이런 포탈들은 서울역뿐만이 아니라 전국 곳곳에 생겨나 있었다.

—여기는 해운대, 해운대 앞 모래사장 위에도 엄청나게 큰 포탈 있음. 이거, 인증샷.

—나 S대 앞에서 편의점 알바하고 있는데, 지금 바로 문 앞에 포탈 있다. 안개도 생겼는데 입구 전체를 틀어막고 있어서 갇혀 버렸어. 어떻게 나가야 하지?

—저 안개, 진짜 들어가면 죽는 건가? 어떻게 되는 거야?

인터넷 포털 사이트를 통해 서비스되는 SNS 링크에서는 실시간으로 유저들의 포탈 목격담과 인증샷, 안개가 낀 현장까지 담은 사진들이 빗발치듯 올라왔다.

이미 모든 현장을 두 눈으로 확인한 동원이었다.

게다가 보란 듯이 옆에 검은 구체까지 있으니, 불길한 예감은 점점 더 커져 갔다.

"젠장, 시간이……."

[ㅁㅁ:ㅁㅁ:ㅁㅁ] [ㅁㅁ:ㅁㅋ:1ㄹ]

2분대를 앞둔 시간.

"후우."

동원은 심호흡을 했다.

혹시나 해서 방문을 열고 나오니 녀석이 그대로 따라온다.

도망치는 것은 의미가 없다.

섬광, 포탈, 그리고 검은 구체.

이 세 가지 현상은 동시에 이루어졌다.

섬광이 포탈과 구체를 만들어냈고, 포탈은 방금 전에 보았던 장면처럼 죽음의 안개로 뒤덮인 공간을 만들어냈다.

벌써 사람 하나가 안개 속에서 죽었다.

그리고 안개에 닿았던 물체는 가루가 되어 없어졌다.

그렇다면 이 구체의 의미는 무엇일까.

혹시나 하는 마음에 계속 검색을 해보았지만, 포탈과 안개에 대한 이야기를 제외한 다른 것은 없었다.

검은 구체라는 이름으로 검색해 보니, 일본의 유명한 모 만화에 대한 포스팅이 전부였다.

"인생 최악의 순간이군."

동원이 입술을 깨물었다.

카운트다운이 끝나고 난 다음에 어떤 일이 벌어질지는 예상조차 되지 않는다.

포탈에서의 일처럼 갑자기 그 안에서 붉은색 안개가 쏟아져 나오기 시작한다면, 도망칠 새도 없이 저승행이 될 것이고.

터져 버린다면?

그거대로 자신의 인생은 새벽 4시 40분에 마감을 고하게 될 것이다.

"하……."

이런저런 생각이 머리를 복잡하게 휩쓸자, 동원은 아직 반쯤 남은 캔맥주를 벌컥벌컥 들이켰다.

비상식적인 일들이 한순간에 일어났다.

상식적으로 생각하려 할수록 의문이 꼬리에 꼬리를 물었다.

"후우. 후우. 후우."

자리를 박차고 일어선 동원이 몸을 풀기 시작했다.

카운트가 끝나고도 아무 일이 없으면, 전력을 다해 달려 볼 생각이었다.

생각은 그다음의 일이다.

ㅡ마시고, 힘내요, 비타민~

틀어 놓은 티비에서는 익숙한 비타민 음료 광고가 흘러
나오고 있었다. 꽤나 광고가 길어지는 것을 보니, 방금 전
의 사고로 인한 수습 및 다음 보도 진행을 위한 준비가 한
창일 듯싶었다.

[□□:□□:□□] [□□:□□:1□]

"10초."

동원이 굳은 표정으로 시간을 셌다.

"9초."

식은땀이 흘러내린다.

"8초."

갑자기 검은 구체의 테두리 부분에서 진동이 일기 시작
한다.

"7초."

꿀꺽, 마른침이 넘어간다.

"6초."

밖으로 열심히 도망쳐 볼까 싶다.

"5초."

소용없을 것 같다.

"4초."

테두리의 진동이 점점 격렬해진다.

"3초."

동원이 두 눈을 질끈 감았다가 떴다.

"2초."

시간이 다 됐다.

"1초."

이제는…….

파아아아아앗!

카운트가 0초가 되던 바로 그 순간.

동원은 갑자기 자신에게 다가오는 구체의 모습에 반사적으로 몸을 뒤로 빼려 했다.

하지만 구체가 훨씬 빨랐다.

어느새 50㎝의 지름에서 동원의 온몸을 휘감을 정도로 커져 버린 구체는 손을 쓸 새도 없이 동원을 삼켜 버렸다.

쑤욱!

"윽!"

물컹거리는 검은 구체 속으로 몸이 빨려들어 가고.

방금 전까지만 해도 동원의 숨소리가 들리던 방 안은 아무도 없는 적막만이 감돌았다.

마치 시간이 멈춰 버린 것처럼.

제3장
첫 번째 퀘스트(The First Quest)

"……."

우주 태초의 고요함이 있었다면 이런 것일까.

티비 소리, 바람이 부는 소리, 도로를 가로지르는 자동차 소리로 요란했던 방 안은 온데간데없고.

동원은 자신도 모르는 어두운 공간 속에 서 있었다.

저 멀리, 거리가 짐작조차 되지 않는 끝 지점에 한 줄기 빛이 보인다.

그 빛이 비춰주는 범위 안으로 시선을 향하니, 이 공간이 대충 어떤 곳인지 짐작이 갔다.

가로로 길게 늘어진 원통형의 통로였다.

이음새 하나 없이 말끔하게 일체형으로 제작된 것만 같은 통로다.

동원이 뒤를 돌아보았다.

방금 전 자신이 구체를 통해 빨려들어 왔으니 이쯤이 출구이자 입구일 것 같았다.

예상대로 뒤의 공간은 딱딱한 다른 부분들과 달리 젤리처럼 물컹거렸다.

그럼 다시 나갈 수 있는 걸까?

동원이 몇 걸음 앞으로 움직이자, 자연스럽게 물컹거리는 검은 진동 속으로 몸이 파고들어졌다.

팅!

"크윽!"

하지만 밖에서 그랬던 것처럼 녀석은 자신을 뒤로 확 밀쳐 냈다.

혹시나 하는 마음에 손으로도 꾹 눌러보고, 발로도 밀어봤지만.

돌아오는 것은 그만큼의 힘으로 자신을 밀쳐 내는 반동이었다.

동원은 다시 시선을 불빛이 있는 쪽으로 돌렸다.

일단 되돌아서 나갈 수는 없는 것 같다.

시선을 반대로 돌린 동원은 자신의 시야를 기준으로 왼쪽 위와 오른쪽 위에 고정되어 있는 글자들을 볼 수 있었다.

방금 전까지만 해도 없었다가 이제 막 생긴 것들이었다.

[N—미확인—□ᒲ:ᒡ□:□□]

왼쪽에는 이런 글귀가 적혀 있고.

[선택 종료까지 □□:ᒢᑫ:5□ 남았습니다.]

오른쪽에는 이런 글귀가 적혀 있다.

그리고 또 카운트가 되고 있었다.

"이게 뭐지?"

정말 온갖 새로운 것의 연속이다.

어느 것 하나 자의로 펼쳐지고 있는 것이 없었다.

구체를 원해서 따라오게 만든 것도 아니었고 이 공간도 들어오고 싶어서 들어온 게 아니었다.

그런데 카운트다운이라니.

또 저 시간이 흐르고 나면 무슨 일이 생긴다는 얘기인가?

"선택 종료? 도대체 무엇을 선택해야 하는데?"

바로 그때.

스르르륵.

동원의 눈앞에 방금 전까지 없던 홀로그램과 같은 영상이 출력됐다.

다리에서부터 발끝까지.

레드 벨벳 컬러의 원피스를 곱게 차려 입은 소녀의 모습이 눈앞에 나타났다.

실재하는 것이 아닌 영상이지만, 워낙에 선명해서 동원이 자신도 모르게 손을 뻗어 만져 보려 했을 정도였다.

물론 아쉽게도 터치가 되지는 않았다.

이내 동원의 물음에 화답하듯 영상 속에서 소녀의 목소리가 들려왔다.

"당신의 무의식 속의 이상형에 가장 알맞게 설계된 시온입니다. 튜토리얼을 통해 당신의 특질을 파악할 시간이 필요합니다."

"딱딱하네."

지극히 사무적인 말투다.

"원하는 대로 말투나 외형을 변경할 수 있어요. 다른 나이대의 모습이나 말투를 원하시나요? 지금도 가능하고 이후 언제든 출력되는 모습을 변경할 수 있습니다. 지금 변경할까요?"

"아냐, 괜찮아."

시온의 말에 동원은 고개를 저었다.

당황한 것 같은 모습을 보여주고 싶지 않았기 때문일까.

동원은 잠깐 시온에게 존대를 할까 했던 생각을 접었다.

존칭에 신경 쓸 상황이 아니기 때문이기도 했고.

한데 무의식 속의 이상형이 이렇게 마른 체형의 소유자였다니, 동원은 의문이 들었다.

동원의 이상형은 베이글, 거기서 취향 하나를 빼고 말하라고 하면 글래머였다.

육덕진 몸매를 좋아하는 동원에게 시온은 이상형과는 동떨어진 모습이었다. 하지만 무의식 속의 이상형에 맞게 설정되었다고 하니 한편으론 그런 취향도 있을 수 있겠구나… 싶었다.

시온이라는 이름도 왠지 익숙하다. 몇 주 전에 외로움을 달래기 위해 보았던 일본의 AV 영상에 나오는 여자 배우 중에도 이런 이름이 있었으니까.

여자는 가슴이야! 라고 늘 중얼거리던 자신이긴 했지만, 나이가 들어가면서 여자는 가슴이 전부가 아니라는 사실도 깨달았던 것 같기도 했다.

어쨌든 갑작스럽게 나타난 영상에 반사적으로 방어 자세를 취했던 동원은 조심스럽게 자세를 풀었다.

튜토리얼, 특질.

게임이라고 이해하면 편할 것 같은 표현이다.

말도 안 되는 상황의 연속이기는 했지만 동원은 빠르게 지금 이 상황을 현실로 받아들이고 있었다.

꿈을 꾸고 있을 것이라고는 생각하지 않았다.

모든 경험의 과정들이 선명하게 머릿속에 남아 있었으니까.

"종료 시간의 카운트는 무슨 의미지?"

상황 파악이 중요했다.

"정해진 시간 안에서 자신이 도전할 퀘스트의 난이도, 재수행 여부, 대상 퀘스트를 선택할 수 있습니다."

이 정도면 완벽하게 게임이라고 할 만하다. 아니라고 하는 것이 이상할 정도다.

"선택하지 않으면?"

"통로 밖으로 나갈 수 없습니다."

"그 상태로 선택 종료 시간이 끝나면?"

"통로가 붕괴됩니다."

"나가지 않은 채로 통로가 붕괴 되면 죽는 건가? 아니면 다시 검은 구체 밖으로 나가도록?"

시온은 명쾌하게 질문에 대한 대답만을 해주었다.

통로가 무너지는데 목숨을 부지할 수는 없을 것이다.

게임에서는 죽으면 스타팅 포인트로 오거나, 죽은 지점에서 부활할 수 있는 기회를 얻게 된다. 약간의 패널티와 함께.

그렇다면 과연 시온은 자신의 물음에 어떤 답을 줄까.

"스피어 속의 당신이 죽게 됩니다. 더불어 현실에 있는 당신의 본체도 운명을 함께하게 됩니다."

"죽는다……."

이 안에서만 죽는 게 아니라, 밖에 있는 자신의 몸도 죽는다고 한다.

시온은 스피어, 그리고 현실이라는 표현을 썼다.

다시 말해 이 공간이 현실과는 별개의 공간이지만, 동시에 운명 공동체로 삶이 묶여 있는 것이라는 설명인 셈이었다.

스피어(Sphere).

구체를 뜻하는 영어다.

자신을 따라오던 검은 구체를 지칭하는 말일 것이다.

이쯤 되자, 동원도 자신이 처한 현실이 가감 없이 받아들여지기 시작했다.

뭔가 있다.

동원은 다시 시온에게 물었다.

"방금 이 구체, 그러니까 스피어가 생겨났을 때 섬광이 있었고, 이상한 포탈이 생겨났어. 지금 이 상황과 관련이 있는 건가?"

"……."

하지만 시온에게선 답이 들려오지 않았다.

계속해서 자신의 물음에 지체 없이 답해주었던 시온은 이 질문에 대해서만큼은 침묵이었다.

"지금은 알아서는 안 되는 일이라서?"

"차차 알게 될 겁니다."

대답할 가치가 있거나, 문제될 것이 없는 질문에만 답을 해주는 것 같다.

동원은 우선 고개를 끄덕이며 통로를 따라 불빛 쪽으로 걸었다.

시온은 동원에게서 두어 걸음 정도 떨어진 뒤에서 천천히 자신을 따라왔다.

동원은 여러 가지 생각을 했다.

우선 상식에 입각한 사고방식은 버렸다.

포탈, 스피어, 섬광, 퀘스트… 이 모든 단어들은 상식적인 현실과는 잘 어울리지 않는다.

이런 이질적인 광경들을 정상적으로 받아들인다는 것이 더 이상하다는 것은 알고 있었지만, 두 눈으로 보고 온몸으로 경험하고 있는 이것들을 허무맹랑한 것으로 치부하고 싶은 생각은 없었다.

확실한 것은 자신에게만 보였던 스피어가 이렇게 특별한 공간과의 연계점이었고, 자신은 그 안에 들어와 있다는 것이다.

튜토리얼, 특질 파악, 난이도 선택 등등.

게임과 매우 유사하다.

한 가지 다른 점이 있다면 이 안에서의 죽음이 현실에서의 죽음으로 이어진다는 것.

이 말만큼은 동원의 마음속에 내재된 근원적인 두려움을 이끌어내기에 충분했다.

오랜 기간 복서 생활을 해온 동원이었지만, 죽음에 대한 두려움까지 면역이 된 것은 아니었다.

타격, 그러니까 주거니 받거니 하는 일반적인 힘의 교환에 있어서는 누구에게도 지지 않을 깡과 악이 있었다.

하지만 죽음에 관한 것이라면 얘기는 달랐다.

미친놈이 아니고서야 죽음에 대한 두려움까지 초탈할 수는 없었다.

통로는 생각보다 길었다.

시온과의 말이 끝나면서 바로 걸었다고 생각했는데, 벌써 7분이 넘는 시간이 지나 있었다.

[N—미확인—ㅁ3:3ㅁ:ㅁㅁ]

[선택 종료까지 ㅁㅁ:ㄹㄹ:ㄹㅋ 남았습니다.]

양옆의 표시는 계속 유지되고 있다.

왼쪽에 보이는 것은 아마도 시온이 말했던 퀘스트와 관

련된 정보일 것 같았다.

아직 퀘스트에 대해 전해들은 게 없으니 미확인으로 뜨는 거겠지.

동원은 그렇게 생각했다.

샤아아아—

어느덧 도착한 통로의 입구에는 백색 섬광을 뿌려대고 있는 원형의 돌이 둥둥 떠 있었다.

멀리서 봤을 때는 통로의 끝에 밖으로 향하는 공간이 있어 그 안으로 빛이 새어 들어왔던 것인 줄 알았는데, 자세히 보니 빛의 정체는 이 돌이었다.

그리고 문이나 손잡이라도 있어야 할 것 같은 통로의 끝에는 아무것도 없었다. 원통형 통로의 연장선상이었고, 이 위치가 그 끝 지점일 뿐이었다.

"튜토리얼을 통해 당신의 특질을 파악합니다. 이동이 완료되고 난 다음에 3분의 자유 시간이 주어집니다. 눈앞에 보이는 커넥팅 스톤에 신체의 일부를 접촉하면 바로 이동할 수 있습니다."

"3분의 자유 시간……."

무슨 일이 벌어질지는 몰라도, 3분 동안 자신의 성향이나 모습을 관찰하겠다는 뜻인 듯하다.

왜? 같은 질문은 무의미할 것 같았다.

일단은 뭐라도 좋다.

해보자.

동원은 생각을 정리했다.

그리고 눈앞에서 반짝이는 커넥팅 스톤을 잡았다.

화아악!

그 순간 마치 진공청소기로 빨아들이는 것 같은 엄청난 흡입력이 온몸으로 전해졌다.

동시에 주변의 공간들이 일거에 무너져 내리기 시작했고, 방금 전까지 온통 막혀 있던 사방의 공간들이 탁 트인 환경으로 재조합됐다.

타악!

이내 두 발이 지면에 닿았을 때, 동원은 방금 전과 전혀 다른 장소에 와 있었다.

[ᄆᄆ:ᄆ리:5ᄀ]

바로 카운트가 시작됐다.

여유 있는 3분이 아니라 타이트한 3분이었던 모양이다.

동원은 주변을 빠르게 둘러보았다.

풀숲이었다.

나무들이 우뚝 솟아 있고, 그 사이사이에 가지런히 풀들이 자라 있다.

다만 이질적인 것이 있다면 풀들의 색깔이 보라색이다.

보통 엽록체가 포함된 녹색 식물들의 색깔은 이름 그대로 녹색이지만, 여기에 자라있는 풀들은 온통 보라색 천지였다.

나뭇가지에 붙어 있는 잎의 색깔들도 마찬가지였다.

녹색 풀숲이 아닌 보랏빛 풀숲이다.

터벅터벅.

"음."

나무들 사이로 무언가가 보인다.

언뜻 보기에는 토끼 같아 보이는데, 일반적으로 생각하는 토끼의 외형은 아니었다.

양쪽에 위치한 눈과 눈 사이에 또 다른 눈이 하나 더 있었고, 다리는 네 개가 아닌 여섯 개였다.

쫑긋 솟아 있어야 할 귀도 사람의 귀처럼 매우 작았다.

마치 방사능으로 오염된 체르노빌 원전이나 후쿠시마 원전 근처에서 살았다면 어울렸을 법한 그런 외형이다.

그 대신 몸길이는 일반 토끼보다는 훨씬 컸다.

"일단은 손을 풀어볼까."

특질을 파악한다고 했다.

자신에 대한 객관적인 판단이 목적이라면, 우선 뭐라도 해야 했다.

주어진 3분의 시간은 이 와중에 쓸 만한 무기나 방어구를 만들기에는 너무 짧았다.

그렇다고 해서 아무것도 하지 않고 보내기에는 매우 아까운 시간이었다.

시온이 말해준 것은 아니지만, 이 튜토리얼의 시간이 자신에게 매우 중요한 시간이 될 것 같다는 생각을 동원은 본능적으로 하고 있었다.

이런 공간에 와서까지 동물 보호니 하는 것은 무의미하다.

동원의 장기는 복싱이었다.

연습 때는 줄곧 발을 써보기도 했지만 주는 아니었다.

그래서 믿을 만한 것은 주먹이었다.

짧은 시간 동안 나무를 탈 수도 없는 노릇이고, 탐색을 해봤자 주변만 둘러보다 끝날 판이다.

동원은 조기에 승부수를 던졌다.

이왕이면 하던 일을 하는 게 낫다.

뚜둑— 뚜둑—

동원이 양쪽 손가락을 빠르게 풀었다.

사각사각.

녀석은 동원을 빤히 쳐다본 채, 보랏빛 풀들을 열심히 뜯고 있었다.

기척을 숨길 요량으로 조심스럽게 발걸음을 옮기고 있었

지만, 이미 두 눈으로 멀뚱멀뚱 보고 있으니 이런 움직임 자체가 무의미했다.

타탓!

동원은 바로 토끼를 향해 달리기 시작했다.

사각사각.

이미 발동이 걸린 동원의 움직임이었지만, 토끼는 여전히 동원을 빤히 응시하고 있었다.

무슨 일이야? 하고 묻는 것 같은 표정이다.

초롱초롱한 눈빛.

좀처럼 주먹을 박아 넣기 어렵게 만드는 표정이긴 했지만, 동원은 신경 쓰지 않았다.

후우우웅!

동원이 토끼를 향해 바로 스윙을 날렸다.

녀석이 전혀 자신을 경계하지 않는 만큼, 반시계 방향으로 사선을 그리면서 살짝 내려찍는 공격이 효과적일 것 같았던 것이다.

빠아악!

찌익!

동원의 주먹이 내리꽂히는 순간, 토끼에게서 비명 소리가 터져 나왔다.

얼마나 힘을 가득 실었는지, 동원의 스윙에 가격당한 토끼의 몸이 두어 번 튕겨져 나가며 지면을 굴렀을 정도였다.

지극히 일방적인 공격이었지만 동원은 신경 쓰지 않았다.

이게 녀석의 본 모습이 아닐 수도 있으니까.

시이잉. 시이잉.

"……."

혹시나는 역시나가 됐다.

방금 전까지 한가로이 풀을 뜯던 토끼의 모습은 사라지고, 어느새 보이지 않던 날카로운 발톱을 드러낸 다른 녀석이 자리하고 있었다.

응시하는 눈빛의 강도도 이제는 살기가 더해졌다.

"후우."

동원이 가볍게 숨을 내쉬며 몸을 살짝 낮춰 방어 자세를 취했다.

토끼보다는 크다고 해도 결국 자신보다는 작은 높이의 토끼였다.

하단 방어에 주의를 기울일 필요가 있었다.

찌이익!

토끼가 뒷다리의 힘을 이용해 도약했다.

정확히 말하자면 네 개의 다리를 이용한 도약이다.

보통의 토끼라면 토실토실한 하얀 배가 있어야 할 자리

에 다리가 두 개가 더 있다 보니, 뛰어오르는 도약력이 상상 이상이었다.

하지만 동원의 동체 시력이 놓칠 정도는 아니었다.

"홋차!"

동원이 왼쪽으로 몸을 피하며 동시에 왼쪽 주먹을 이용해 토끼의 복부를 옆으로 돌려 쳤다.

기민한 움직임이나 판단 능력까지는 없는 모양이다.

무턱대로 자신을 향해 달려들었던 토끼는 동원의 공격에 포물선을 그리며 날아가서는 뒤에 있던 나무 기둥에 부딪혀 그대로 앞으로 고꾸라졌다.

찌직. 찌직.

힘없이 바닥에 축 늘어진 토끼가 몸을 들썩거렸다.

고개를 푹 숙인 채 다리를 반쯤 세웠다가 접었다를 반복할 뿐, 제대로 일어나지 못하는 모습이었다.

동원은 토끼를 향해 성큼성큼 다가갔다.

이미 시작한 일이라면 끝을 봐야 한다.

동원은 왼손으로 토끼의 목 뒷덜미 쪽을 잡아서는 쭉 들어 올렸다.

일격에 힘이 쭉 빠져 버리긴 했지만, 여전히 녀석은 자신을 향해 짙은 독기를 품고 있었다.

선공을 한 것이 자신이니 당연한 반응이었다.

"끝을 보자."

동원이 왼손에 토끼를 든 채로 주먹을 뒤로 당겼다.

이왕이면 한 방에 보내주는 게 좋다.

토끼는 이미 방금 전의 충돌로 척추 쪽의 뼈가 부러졌는지 제대로 소리조차 내지 못했다.

뼈어어억!

이내 동원의 매서운 주먹이 그대로 토끼의 얼굴에 정면으로 꽂혔다.

힘을 흘려낼 틈도 없이 그대로 주먹의 운동량을 고스란히 넘겨받은 토끼는 일직선으로 뒤로 날아가 그대로 다시 나무에 부딪혀 지면으로 추락했다.

방금 전에는 몸이라도 들썩거렸지만 이번에는 끝이었다.

숨이 끊어진 토끼는 다시는 일어나지 못했다.

[1 스피어가 감지되었습니다.]

바로 안내음이 들렸다.

목소리는 시온의 것이었지만 그녀는 곁에 없었다. 아마도 통로 안에서만 함께 동행하고 밖에서는 정보를 전해주는 역할을 하는 것 같았다.

동시에 점점 녹아 없어지고 있는 토끼의 사체 위로 엄지손톱만 한 작은 구슬이 생겨났다.

그리고 붉은색 화살표가 구슬이 있는 방향을 가리키며

스피어(Sphere)라는 표시를 해주고 있었다.

마치 게임 속에서 몬스터를 잡으면 아이템이 드랍되는 그런 느낌이다.

동원은 우선 녹아 없어지는 토끼의 사체로 질퍽해진 지면 위에서 조심스럽게 검은 구슬을 꺼내 들었다.

[1 스피어를 획득하였습니다.]

이어서 시온의 안내음이 한 번 더 들린다.

동시에 동원의 시야에서 우측 하단 부분에 작은 글씨로 [Sphere : 1] 이라는 표시가 새겨졌다. 그리고 손에 쥐어져 있던 스피어는 자연스럽게 연기로 화하여 사라졌다.

"후……."

토끼의 사체가 있던 자리는 어느새 아무것도 없는 보랏빛 풀숲으로 다시 변해 있었다.

[ㅁㅁ:ㅁㅁ:5ㅁ]

어느새 0분대로 접어든 시간.

토끼 같지 않은 토끼를 잡은 것으로 2분의 시간이 지나 버렸다.

과연 이런 것으로 얼마나 특질을 파악해 낼 수 있겠나 싶었지만, 한편으로는 이런 생각도 들었다.

애초에 자신을 이런 공간으로 데려올 수 있는 능력을 지닌 어떤 개체의 소행이라면, 이미 자신에 대한 스캔도 오래

전에 끝났을 것이라고.

즉, 이번의 튜토리얼은 마지막 확인 절차 같은 느낌이었다.

어쩌면 자신이 토끼를 직접 맨손으로 잡을 것이라는 것을 알고 보기 좋게 시야 안에 던져 놓았던 것일지도 모른다.

59초의 시간은 쏜살같이 흘러갔다.

다른 사냥감이 있을까 싶어 열심히 뛰어다녀 보았지만, 토끼 한 마리를 본 것을 제외하고는 온통 풀숲의 연속이었다.

사방이 빽빽한 풀숲이라 그 밖에 무엇이 있는지도 잘 보이지 않았다.

카운트가 끝나자, 동원의 몸이 마치 정지화면 속의 장면이 된 것처럼 강제로 멈춰졌다.

그리고 시온의 목소리가 허공에서 들려왔다.

[특질 파악이 완료되었습니다. 기존에 파악된 특질과 연계하여 방향성을 설정합니다. 설정 중입니다. 설정이 완료되었습니다. 이동을 시작합니다.]

"하이패스인가."

일련의 과정에는 5초도 채 걸리지 않았다.

이내 주변의 공간이 무너지더니 다시 재조합되며 익숙한 환경으로 다시 돌아왔다.

어두운 통로 속이었다.

제4장
생존 투쟁

[N—미확인—ᄆᄅ:ᄅᄆ:ᄆᄆ]

[선택 종료까지 ᄆᄆ:ᄅᄅ:5ᄅ 남았습니다.]

통로로 오는 순간, 선택 종료에 대한 안내 시간이 리셋됐다.

다시 30분에서 카운트다운이 이뤄지고 있었다.

미확인이라는 글자가 영 거슬린다.

녹색의 글씨들 중 유일하게 붉은색으로 채워진 글씨이기도 했다.

역시나 펼쳐진 광경은 아까와 똑같다.

저 끝에 커넥팅 스톤이 보인다.

동원이 통로를 따라 걸으며 우측 하단에 보이는 스피어의 개수를 확인했다.

"이 스피어의 용도는 뭐지?"

"자신이 보유한 스피어를 이용해 필요한 물품을 구입할 수 있습니다."

어느새 옆에 쓱 나타난 시온의 영상이 답을 해준다.

"대가 지불을 이 스피어로 한다는 거지?"

"맞습니다."

"그럼 지금 내가 살 수 있는 건?"

파파팟!

동원의 말이 끝나기가 무섭게 눈앞에서 다양한 이미지들이 동시다발적으로 생성되기 시작했다.

이내 나타난 이미지는 총 여섯 개.

[1 스피어]

여섯 개의 이미지의 우측 하단에 각각 큼지막한 글씨로 새겨져 있는 값어치가 보인다.

지금 자신이 보유한 스피어가 1 스피어인 만큼, 그에 딱 맞는 구입 가능 물품을 보여주는 것 같았다.

몇 가지 익숙한 것이 보였다.

우선 단검이 보이고 단창도 보였다.

이어서 활도 보이고 야구 방망이와 비슷하게 생긴 몽둥이도 보였다. 그리고 마지막으로 보인 것이 너클과 상당히 조잡하게 만들어진 건틀릿이었다.

"너클."

동원이 망설임 없이 너클(Knuckle)을 선택했다.

타원형의 구멍 네 개에 곡선 형태의 지지대, 그리고 구멍 위로 날카롭게 툭 튀어 나와 있는 철심은 주먹을 즐겨 쓰는 동원에게는 가장 잘 맞는 무기였다.

건틀릿에도 시선이 갔지만, 1스피어짜리 건틀릿은 정말 조악하기 그지없어 쓰기에는 매우 부적합해 보였다.

[구입이 완료되었습니다.]

안내 메시지가 눈앞에 출력되고.

자연스럽게 1로 입력되어 있던 스피어의 수치가 0으로 바뀌며 동원의 양손에 너클이 끼워졌다.

휙— 휙—!

나쁘지 않은 착용감이다.

동원은 쉐도우 복싱을 겸하며 통로로 부지런히 움직였다.

튜토리얼은 전투 의지가 없는 대상을 상대로 한 것이기 때문에 쉬웠다. 그러니 튜토리얼이라는 이름을 붙였을 것이다.

동원은 바로 이어질 듯한 다음 퀘스트가 과연 어떤 것일
지 궁금했다.

"볼라키스 산 정상에 있는 포탈을 이용해 이곳으로 복귀
하세요. 당신의 생존 능력을 평가하겠습니다. 제한 시간은
3시간 30분입니다."

[N—볼라키스 산 정상의 포탈을 통해 귀환—03:30:00]

[선택 종료까지 00:26:12 남았습니다.]

미확인으로 표기되어 있던 내용이 바뀌었다.

퀘스트를 안내받으면 내용이 표시되는 모양이었다.

손을 살짝 가져다 대보니, 방금 전에 안내음으로 들렸던
내용들이 그 옆으로 자세하게 출력되어져 나왔다.

"N은 무슨 뜻이지? 이어지는 퀘스트 안내와 제한 시간
표기는 알겠는데."

"난이도의 표시입니다. 난이도는 퀘스트 수행 횟수에 포
함되는 Normal 난이도와 수행 횟수에는 포함되지 않으나
어려운 Hard 난이도로 나눠집니다. 첫 도전 시에 책정되는
난이도는 Normal입니다. 완료된 퀘스트에 한정해서 Hard
난이도 도전이 1회 가능합니다. 본인의 의사에 따라서 같은
Normal의 난이도로 반복 수행을 할 수도 있지만 보상은 절
반으로 줄어들게 됩니다. 재반복 시 또 그의 절반으로 줄어
듭니다."

"음······."

어떤 구조인지 어렴풋이 짐작이 갔다.

우선 퀘스트를 하나 '뚫어놓은' 다음에 거기서 입맛에 맞게 더 강도 높은 수행을 하던지, 아니면 반복해서 같은 난이도의 퀘스트를 하며 숙련도를 높이라는 식인 것 같았다.

샤아아—

그때, 동원의 시야 왼쪽 하단에 또 하나의 표시가 생겨났다.

F01.

아주 단순한 표기다.

알파벳, 그리고 숫자.

"알파벳과 숫자는······."

"알파벳은 당신의 랭크를 뜻합니다. F에서 A까지, 그리고 최종적으로 S의 순서로 상향됩니다. 숫자는 퀘스트의 수행 횟수를 의미합니다. 수행 횟수에 Hard 난이도의 동일 퀘스트는 포함되지 않습니다."

질문을 예상이라도 했던 것처럼 바로 안내가 이어진다.

방금 전의 튜토리얼도 횟수로 치는 모양이었다.

"주의할 점은?"

"······."

알려줄 필요가 없는 부분에 대해서 시온은 철저하게 함구하는 것 같다.

그렇다면 이제 남은 것은 정해진 퀘스트대로 수행하는 일뿐이다.

동원이 커넥팅 스톤 앞에 섰다.

지금 믿을 수 있는 건 몸과 너클밖에 없다.

이 스피어라는 공간이 살인을 목적으로 만들어진 것이 아니라면, 최소한 하늘이 무너져도 솟아날 구멍은 있도록 여러 가지 안배가 되어 있을 것이다.

동원은 지금 이 상황을 부정하거나 벗어나려 하기보다는 주어진 상황에 빠르게 적응하고, 원하는 바를 수행하는 것이 더 생산적이라 생각했다.

가슴은 뜨겁게, 머리는 차갑게.

동원이 지금까지 살아오며 좌우명으로 삼았던 말이기도 했다.

"후우, 가볼까."

동원이 조심스럽게 커넥팅 스톤을 잡았다.

파팟.

튜토리얼 때처럼 공간이 일그러졌다가 조합되기를 반복했다.

그리고 주변의 환경이 재구성됐을 때, 동원은 매우 이질적인 공간에 도착해 있었다.

*   *   *

구르르르르릉— 쏴아아아아—

이동이 끝나자마자, 머리 위로 장대비가 쏟아져 내렸다.

하늘은 온통 비구름으로 가득했고, 햇빛이 가려져 전반적으로 어두웠다.

동원의 눈앞에 보인 것은 우뚝 솟은 산이었다.

산 정상 쪽을 향해 시선을 올리자, 산 정상 언저리로 '볼라키스 산'이라는 글자와 함께 화살표 하나가 나타나 아래쪽을 가리켰다.

시선을 살짝 내리니, 들었던 안내대로 포탈이 하나 보였다.

멀리서도 선명하게 보이는 것을 보니 높이가 꽤 되는 포탈인 것 같았다. 서울 스퀘어 앞에 우뚝 솟아 있었던 포탈과 유사한 느낌이었다.

[N—볼라키스 산 정상의 포탈을 통해 귀환—ㅁ3:2ㄲ:5ㄱ]

카운트다운이 이루어지고 있었다.

볼라키스 산의 높이는 정확히 짐작은 안 갔지만, 동원이 즐겨 타던 뒷산과 그 높이가 비슷해 보였다.

잘 닦인 등산로를 따라 빠르게 오르면 1시간 정도 걸렸던 뒷산이지만, 이 산에 입맛에 맞는 등산로가 있을 것 같지는 않다.

"시온! 제한 시간을 넘기면 어떻게 되지?"

생각해 보니 한 가지 묻는 것을 깜빡했다.

바로 타임 어택(Time Attack).

제한 시간 내에 수행을 완료한다면야 문제될 게 없겠지만, 그렇지 않을 경우가 중요했다.

"퀘스트를 당신이 속한 해당 랭크의 처음 단계부터 수행하게 됩니다. 해당 랭크에서 그동안 얻은 스피어와 능력치, 퀘스트 횟수가 해당 랭크의 시작 단계였을 때로 롤백됩니다. 구매된 물건 역시 롤백 과정에서 소멸됩니다."

"죽는 것보다 더한 고통이겠네."

"죽는 것이 가장 고통스럽습니다."

"응? 이건 질문이 아닌데."

"……."

실수일까? 아니면 질문이라고 판단했기 때문일까?

시온이 답을 해주었다.

하지만 이내 이어지는 침묵에 동원도 자연스럽게 다시 시선을 산으로 돌렸다.

얼마나 많은 도전을 하게 될지는 모르겠지만, 한 번으로 끝날 것 같지는 않다.

한데 시간제한을 넘겨 버리면 어렵게 이룬 성과들이 모두 리셋된다니. 동일 랭크에서의 하락이긴 하지만 무시할 수 없는 패널티였다.

마른침이 꿀꺽 삼켜졌다.

산중턱까지 오르는 길은 생각보다 쉬웠다.

수풀이 빽빽하게 자라있어 시야 확보가 쉽지 않기는 했지만, 오히려 그 덕분에 손으로 잡아가며 오를 만한 건덕지들이 많았다.

산을 오르는 동안 동원은 지네보다도 더 많은 다리가 달린 도마뱀이나 팔뚝만 한 크기의 지렁이와 마주치기도 했다.

토끼를 보았을 때 이미 느낀 것이지만, 이곳은 지구에서 살고 있는 동물과는 전혀 다른 개체들이 살고 있었다.

어지간한 담력을 가진 사람이 아니라면, 보는 것만으로도 까무러칠 만한 외형을 가진 녀석들이 많았다.

튜토리얼에서의 토끼와 달리 놈들은 먼저 공격해 왔다.

동원은 바로 대응했고, 어렵지 않게 녀석들을 제거할 수 있었다.

도마뱀과 지렁이는 각각 0.5개의 스피어를 드랍했다. 동원은 그것들을 빠짐없이 챙겼고, 덕분에 너클 구입 이후 0이 되었던 스피어 표시창은 다시 숫자 1로 바뀌어 있었다.

너클은 확실히 쓸모가 있었다.

외형이 투박하긴 했지만, 위력은 확실했다.

동원은 날카로운 철심 부분을 이용해 효과적으로 대상의 급소와 약한 신체 부위를 노렸고, 지지대를 이용해 손가락을 타고 전해지는 충격을 최소화했다.

다른 것을 선택했으면 후회했을 것 같았다.

지금 생각해 봐도 만들다 만 것 같았던 건틀릿은 선택하지 않은 게 천만다행이었다.

가장 위압적인 이미지이긴 했지만, 사용에는 영 형편없어 보였던 것이다.

"후우. 후우."

비가 계속해서 내리고 있었기 때문에 맑은 날씨에 비해 오르는 속도가 더뎠다.

매일 아침, 기상 후에 항상 뒷산을 오르고 끊임없이 조깅을 하며 체력을 키워왔던 동원에게도 비가 내리는 산속에서의 이동은 쉽지 않은 일이었다.

그 와중에 도마뱀과 지렁이와 싸움까지 치렀으니 체력 소모가 더 했다.

그래도 동원은 의식적으로 동물들을 찾으면서 산을 오르

고 있었다. 보상으로 스피어를 주었기 때문이다. 하지만 막상 눈에 불을 켜고 찾으니 코빼기도 보이지 않았다.

쏴아아아―

빗줄기는 정상으로 향할수록 더 굵어지는 듯했다.

동원은 시야에 들어오는 반경 내에서 사냥할 법한 동물들을 찾되, 필요 이상으로 힘을 빼지는 않았다.

간간히 맛보는 애피타이저는 입맛을 돋게 해줄지언정, 메인 디쉬가 될 수는 없다.

어쨌든 자신에게 주어진 퀘스트, 즉 메인 디쉬는 산 정상에 도착하는 일이었다.

"외로움과의 싸움이기도 하네."

비로 온몸을 적셔가며 홀로 산을 오르는 기분은 확실히 유쾌하진 않았다.

동원이야 혼자서 운동하고, 생활했던 시간이 길었으니 익숙하지만 이런 일들을 처음 경험하게 될 다른 사람들이 마음에 걸렸다.

세계까지는 몰라도, 적어도 대한민국 땅덩어리 곳곳에는 정체불명의 포탈이 수도 없이 생겼다. 한데 지금 경험하고 있는 스피어와 같은 것이 동원 자신에게만 주어졌다면, 낭비도 이런 낭비가 없을 것이다.

동원은 확신할 수 있었다.

분명 다른 누군가도 자신처럼 튜토리얼을 끝내고, 1 스피어를 얻고, 구입 가능한 여섯 개의 무기 중에 하나를 선택했을 것이다. 어쩌면 몇몇 정신 나간 녀석은 맨주먹으로 나섰을지도 모를 일이다.

동원이야 익숙한 환경이니 꼼꼼하게 상황을 점검해 가며 오르고 있다손 쳐도, 곱게 자란 귀공자 같은 녀석들이라든가 혹은 궂은 경험을 해본 적이 없는 여성이라면 이런 퀘스트는 시도조차 어려운 일일지도 몰랐다.

물론 오지랖이다.

*   *   *

볼라키스 산의 사분의 삼 정도 되는 지점까지 오르는 데는 2시간 남짓한 시간이 걸렸다.

산길이 크게 험하지 않았고, 동선을 최소한으로 줄여가며 힘을 빼는 구간을 줄인 덕분이었다.

사실 등산 자체가 체력과의 싸움이기 때문에 동원에게는 큰 무리가 없기도 했다.

문제는 시간의 변화였다.

1시간째를 기점으로 살짝 어둑어둑해져 가던 하늘은 2시간째에 이르자 이른 저녁의 하늘처럼 햇빛이 걷혀가고 있었다.

"날씨가 진짜."

장대비가 원망스럽다.

동원이 잠시 평탄한 지면을 딛고, 몸을 한 번 더 풀었다.

어둠 속에서 단순하게 산만 오르면 된다면 문제될 것이 없겠지만, 걱정되는 것은 어둠 속에서 무언가가 나타나게 될 경우였다.

도마뱀이나 지렁이야 손쉽게 카운터펀치를 먹이고 단번에 골로 보내던 것이니 문제될 것이 없었지만, 이런 산속이라면 맹수도 충분히 있을 법했다.

마주치지 않았을 뿐, 없을 것이라고 속단할 수 없다.

동원은 속도를 낼 생각이었다.

여기서 더 어두워지면 그만큼 같은 거리를 이동하는 데 소모해야 할 시간과 위험 요소에 대한 대비가 늦어지게 되기 때문이다.

"후우!"

너클을 고쳐 끼고.

심호흡을 끝낸 동원이 아직 남아 있는 시계를 따라 신속하게 움직이기 시작했다.

남은 시간은 아직 1시간 30분으로 충분했지만, 동원은 이 시간이 방심을 충분히 유도하기 위한 허수라는 점을 느꼈다.

지금부터가 시작이었다.

꿔이이익!

아니나 다를까, 멈추지 않고 달려가던 동원의 앞을 가로막는 장애물이 나타났다.

멧돼지였다.

이놈은 지금까지 마주쳤던 다른 동물들과 달리, 야산에서 흔히 보는 멧돼지와 다를 것 없는 외형을 갖추고 있었다.

놈은 완만한 경사로의 한가운데에 자리를 잡고 동원을 노려보고 있었다.

통과하든지 돌아가든지 선택하라는 눈치다.

돌아가는 길은 가파르다.

계속 내리고 있는 비로 인해 지반이 약해질 대로 약해져 있고, 낙엽들이 잔뜩 쌓여 있어 자칫 잘못하면 그대로 길 아래로 미끄러질 수도 있었다.

하지만 무턱대고 돌파하기에는 영 상황이 좋지 않았다.

멧돼지는 너클 낀 주먹으로 잡히는 그런 짐승이 아니다.

심지어 엽사들도 야생 멧돼지를 잡을 때는 긴장 상태를

계속해서 유지한다.

죽었다고 생각한 야생 멧돼지가 벌떡 일어나 그대로 사냥꾼을 받은 일이나, 피와 창자를 내쏟으면서도 타깃으로 삼은 사냥꾼을 향해 돌진한 이야기는 허언이 아니었다.

동원은 냉정하게 판단했다.

싸워서 득 될 것이 없다.

죽어도 상관이 없는 가상의 공간이라면 모험 삼아서라도 뛰어들었겠지만, 지금은 아니었다.

기동성을 확보하기 위해 별도로 방패로 쓸 만한 나무토막이라든가, 적당히 다듬은 죽창 따위를 챙기지 않은 것도 지금의 전세를 불리하게 작용했다.

푸욱— 푸욱—

놈이 이미 콧김을 불어내기 시작한다.

슬슬 뒷발을 지면에서 떼기 시작하는 것이 자신이 판단을 내리기 전에 먼저 움직일 것 같았다.

판단은 빠를수록 좋고, 패는 최대한 늦게 까는 것이 좋다.

동원은 조심스럽게 양옆과 뒤를 살폈다.

우선 도주로는 산 정상으로 향하는 길이면서 동시에 아주 가파른 경사면인 왼쪽 길이었다.

오른쪽 길은 방금 전까지 올라왔던 길로 평탄했고, 뒤쪽은 커다란 굽은 바위가 있어 비를 잠깐 피하기에 괜찮은 지 물이었다.

멧돼지는 생각보다 시력이 좋지 못하다.

뛰어난 청각과 후각으로 부족한 시력을 보충하는 형태인데, 그래서 등 뒤에 있는 바위는 꽤 쓰임새가 있어 보였다.

첫 번째로 깔 패가 등 뒤의 바위였다.

여기서 놈이 바위에 부딪히지 않는다거나, 방향을 틀거나 해서 수 싸움에서 말려 버리면 바로 두 번째 패를 까야 한다.

왼쪽 길을 따라 뒤도 돌아보지 않고 달리는 것이다.

동원은 이왕이면 첫 번째 패에서 승부가 갈리길 바랐다.

첫 번째 패를 깠을 때 시간을 최대한 벌어야 도망칠 수 있는 시간이 늘어난다.

푸훅— 푸훅— 푸훅!

타닥! 타닥! 타닥!

멧돼지가 동원을 향해 힘차게 달리고 있었다.

벌렁거리는 코끝만 봐도 등골이 오싹할 정도였다.

"후우."

동원이 단내 나는 숨을 내쉬며 자세를 낮췄다.

최대한 놈이 달려올 때까지 움직이지 않아야 한다.

너무 일찍 빠져 버리면 놈이 제동을 걸면서 방향을 다시 틀 것이고, 늦게 빠지면 뼈도 못 추릴 교통사고가 될 터였다.

푸확! 푸확!

동원과의 거리가 빠르게 좁혀지자, 멧돼지가 흥분한 듯 더욱 콧김을 뿜어댔다.

탐욕스럽게 솟은 녀석의 코가 말해주고 있는 것 같다.

너에게 다음은 없다고.

8m, 6m, 4m…….

순식간에 거리가 좁혀지고.

두어 걸음이면 녀석과 부딪히겠다 싶은 바로 그 순간.

"하앗!"

동원이 옆으로 몸을 날렸다.

미리 자세를 낮춰 무릎을 굽혀두지 않았다면, 시도조차 할 수 없었을 회피 동작이었다.

사악!

아슬아슬하게 동원의 신발 끝을 스치고 녀석이 그대로 통과해 갔다.

뻐어어어억!

그리고 이어서 시원한 교통사고가 바위 앞에서 일어났다.

정면으로 대가리를 들이받은 멧돼지가 그대로 뒤로 나자

빠진 것이다.

동원은 뒤도 돌아보지 않고, 위로 달리기 시작했다.

역시 독한 놈이다.

달리던 속도 그대로 바위에 대가리를 들이박았지만, 녀석은 이내 콧김을 뿜어내며 몸을 일으켜 세우고 있었다.

이 와중에 승기를 잡았다고 생각하며 달려들었다가는 그대로 허공에서 꿰이기 십상이었다.

동원은 빠르게 판단했고, 충돌의 여파를 털어내기 위해 비틀거리는 놈을 뒤로 두고 전속력으로 질주하기 시작했다.

동원의 우선순위는 확실했다.

적어도 멧돼지 한 놈이 줄 보상 스피어보다는 이 퀘스트 자체를 완료했을 때 보상이 더 클 테니까.

소탐대실은 하고 싶지 않았다.

*   *   *

그 뒤의 산행은 그야말로 자연과의 싸움이었다.

단순히 등산이 아니라 암벽 등반과 같은 험로 개척에도 나름 취미 생활로 소질을 보였던 동원이었지만, 정상 부근에 이르자 이제는 아예 수직으로 오르지 않으면 안 되는 구간이 나오기 시작했다.

계속해서 내리는 비는 여러 가지로 악재였다.

손과 발을 걸어 고정시켜야 할 포인트가 비로 인해 마찰력이 현저하게 떨어지면서 계속 미끄러지게 만들었고, 거기에 바람까지 불어 중심을 잡기가 매우 힘들었다.

동원의 얼굴은 쉴 새 없이 날아든 낙엽과 흙더미들이 묻어 그야말로 걸레가 되어 있었다.

"와, 이거 여기가 가장 힘든데?"

동원이 혀를 내둘렀다.

남은 시간 30분.

시간만 놓고 보면 아직까지는 여유가 있지만, 벌써 여기서 허비한 시간이 30분이었다.

심지어 방금 전에는 갑자기 굵어진 빗줄기와 동반으로 날아온 강풍에 바위에 덜렁 매달린 채로 몸이 날아갈 뻔했다.

이 정도의 비바람에 휩쓸리게 되면 제아무리 운동 신경이 좋아도 손을 쓸 수가 없다.

그대로 옆의 가파른 비탈길을 따라 끝없는 추락을 경험하게 될 것이고, 재수가 나쁘면 콧김을 풍풍 대던 멧돼지의 코앞으로 떨어질지도 모른다. 그렇게 되면 다시 올라올 생각은 포기하는 게 나을 것이고.

바로 코앞에 정상을 두고도 더 이상 오르지를 못하니 답답할 노릇이었다.

계속 매달렸다가 내려왔다가, 바람에 휩쓸리지 않기 위해 몸에 힘을 주었다가를 반복한 탓에 온몸에서 느껴지는 피로감이 상당했다.

"이런 식이면 차라리 타이밍을 노리는 게 낫지."

동원이 암벽에서 손을 떼고, 잠시 내려와 평탄면에 앉아 숨을 골랐다.

바람이 더욱 거세지고 있었다.

점점 줄어드는 시간이 가슴을 졸이게 만들었지만, 동원은 비바람이 잦아드는 잠깐의 타이밍을 노리기로 했다.

이대로는 오르는 것도 힘들지만, 재수가 없으면 반쯤 오른 상태에서 묶여 오르지도 내리지도 못하는 개 같은 상황에 처할 위험이 있었다.

흔히 말하는 최악의 경우다.

"후우. 후우. 후우."

가쁜 숨이 몰아쉬어진다.

제대로 먹은 것은 없고, 체력을 회복할 틈도 없이 올라온 탓에 좀처럼 호흡이 안정되지 않았다.

시간을 거의 허비하지 않고 타이트한 산행을 했다고 생각했는데, 남은 시간이 20분대로 접어들고 있었다.

잠깐 잊고 있었던 안내인의 이야기를 떠올렸다.

무엇을 평가하겠다고 했던가.

바로 생존 능력이었다.

복기해 보면 위험했던 순간은 많았다.

산행의 경험이 충분한 동원도 몇 번을 비탈길에서 구를 뻔했을 정도였으니까.

멧돼지도 적절하게 승부수를 던졌기 때문에 꼬리를 안 잡혔지, 무작정 달리기만 했으면 아마 어느 순간엔가 하체 한가운데에 놈의 코를 들이박힌 채로 비명을 내지르며 날아갔어야 했을 터다.

마지막 고비는 바로 정상으로 향하기 직전의 이 암벽이었다.

그 위는 정상이었고, 이글거리는 붉은색 포탈이 보란 듯이 자리를 잡고 있었다.

"지금 서울역 앞은 어떤 상황일까. 죽음의 안개라니… 내 집 앞에 생기지 않은 것들 다행이라고 생각해야 하나."

속보를 위해 현장에서 보도를 하던 도중 붉은 안개에 휘말려 목숨을 잃은 기자가 생각났다.

걷히지 않는 안개라면, 그리고 사라지지 않는 안개라면 보통 일이 아니었다.

처음에는 포탈만 있던 자리에 순식간에 5m 반경으로 안개가 범위를 확장한 것이었다.

즉, 앞으로도 저런 식으로 범위를 확장할 가능성이 있다는 것이고, 그렇게 되면 안개가 차지한 만큼의 자리는 어느누구도 손을 댈 수 없게 됨을 의미했다.

동원은 직접 확인해 보고 싶었다.

충분히 비현실적인 체험을 스피어 안에서 하고 있는 만큼, 또 다른 비현실의 현상과 마주하고 싶었던 것이다.

후드드득— 후득— 후득—

휘이이이— 이이— 이—

"지금이다."

그때, 동원이 기다리던 순간이 왔다.

막간의 차이를 두고 잠시 비바람의 기세가 줄어드는 시간이었다.

동원은 바로 하던 생각을 중지하고 재빠르게 몸을 움직였다.

터억! 터억!

미리 봐두었던 포인트에 두 손을 얹었다.

너클은 뒷주머니에 들어가 있었다.

암벽 등반에 너클은 필요 없었으니까.

"홋차!"

지면에 딛고 있던 두 다리에 힘을 잔뜩 주며 퉁겨내고,

동시에 팔 힘을 이용해 다리를 끌어올리자 안정적으로 오른쪽 다리가 첫 번째 포인트 지점에 안착됐다.

휘이이—

다시 불기 시작한 한 줄기 바람.

동원은 이어서 바로 손을 뻗어 위쪽의 포인트를 잡았다.

"아앗! 후우."

물이 고여 있었던 모양이다.

끝부분을 잡고 손가락을 깊숙하게 넣으려 했던 동원은 일순간 미끄러진 손길에 마저 떼려던 한쪽 발을 다시 붙였다. 조금만 늦게 반응했다면 그대로 암벽 밑으로 떨어졌을 위험천만한 상황이었다.

쏴아아아.

빗줄기가 다시 굵어지기 시작한다.

동원이 다시 손을 뻗어 한쪽을 잡고, 왼발을 이용해 몸의 무게중심을 높인 뒤 바로 오른손으로 다음 포인트를 잡았다.

그리고.

"훗차!"

기합과 함께 동원이 오른발을 떼며, 동시에 정상에 닿는 지면에 양손을 얹었다.

이어서 왼발과 양손에 힘을 주어 몸을 끌어올리니, 드디어 정상이었다!

[N—볼라키스 산 정상의 포탈을 통해 귀환—ㅁㅁ:22:17]

22분을 남긴 시간.

도마뱀이나 지렁이 따위를 잡겠답시고 이리저리 돌아다녔으면 위험했을 시간이었다.

동원은 뒤도 돌아보지 않고 바로 눈앞의 포탈을 향해 달렸다.

성취의 쾌감은 그 어두운 통로로 돌아가 곱씹어도 나쁘지 않을 것 같았다.

이윽고 동원의 몸이 포탈을 통과하며 볼라키스 산 정상에서 사라졌다.

첫 번째 퀘스트가 끝난 것이다.

0초를 향해 계속 진행되던 카운트도 그 시간에서 멈췄다.

제5장
보상, 그리고 기술

"후아!"

사방이 꽉꽉 틀어막힌 어두운 공간인데, 이상하게도 마음은 여기가 더 편했다.

퀘스트 옆의 제한 시간 카운트는 멈춰 있었다.

22분 10초다.

동시에 좌측 하단에 위치한 수치에도 변화가 있었다.

F02.

출발하기 전의 수치가 F01이었으니, 1이 늘어난 것이다.

시온의 안내대로 이번 퀘스트의 수행이 완료되어 자동으

로 하나가 카운팅된 것 같았다.

"멋지게 완료하였습니다."

동원의 통로로 돌아오자 다시 모습을 드러낸 시온이 말을 걸어왔다.

칭찬해 주는 말치고는 꽤나 무미건조하고 딱딱한 목소리다.

멋지게 완료했어요! 멋져요! 도 아니고 멋지게 완료하였습니다… 라니. 느낌이 꽤나 이질적이었다.

하지만 나쁘지 않았다. 오히려 이런 영상에게 친근감을 느끼게 되거나 마음을 의지하고 싶지는 않았다. 시온은 자신에게 정보를 줄 수는 있지만, 함께 퀘스트를 수행해 줄 수는 없는 존재이니까.

"멋지지는 않아."

동원 스스로가 동의할 수 없는 시온의 칭찬이었다.

복기할 것들이 많은 부족한 산행이었기 때문이다.

악천후에 이따금씩 신체 컨트롤이 잘되지 않아 비탈길에서 넘어진 적도 많았고, 멧돼지와의 접촉에서도 좀 더 공격적인 다른 수단을 써보지 않은 게 못내 기억에 남았다.

성공은 했지만, 좀 더 완벽할 수 있었던 부분들이 많으니 신경이 쓰이는 것이다.

"채점을 시작하겠습니다."

시온의 딱딱한 목소리가 이어지고, 동원의 눈앞에 하얀 화면이 생겨났다.

원래 같았으면 저 뒤의 통로 끝에 있을 커넥팅 스톤의 백색 섬광이 보여야겠지만, 퀘스트가 완료되어서인지 섬광은 보이지 않았다.

그래서 통로 안은 어두웠고, 눈앞에 펼쳐진 하얀 화면은 단번에 집중을 끌기에 충분했다.

[수행 완료에 대한 보상 : 1ㅁ 스피어]

[남은 시간에 대한 추가 보상 : ㄹ.ㄹ 스피어(ㄹㄹ분 1ㅁ초)]

[보상 총합계 : 1ㄹ.ㄹ 스피어]

[본 합계에는 포함되지 않은 전투 중의 전리품 보상 1 스피어가 있습니다.]

안내 메시지의 출력은 빠르게 이루어졌다.

그중에서 동원의 눈을 끈 것은 두 번째 줄의 문구였다.

"제한 시간보다 빠르게 클리어했을 때의 보상이 있었던 거야?"

"그렇습니다."

"왜 알려주지 않… 내가 물어보지 않았으니까?"

"그렇습니다."

이유를 물으려던 동원은 자신이 시온에게 물어보지 않았던 정보라는 것을 깨닫고, 이내 체념한 듯 고개를 끄덕였다.

남은 시간에 대한 추가 보상이 있었다.

즉, 빠르게 퀘스트를 클리어하면 그에 대한 합당한 보너스를 주겠다는 것이었다.

매우 중요한 부분이었다.

이렇게 되면 단순히 퀘스트를 완료하는 것에만 목적을 두는 것이 아니라, 얼마나 신속하게 주어진 임무를 빠르게 달성할 수 있느냐가 중요해진다.

개개인의 역량 차이에 따라 같은 퀘스트를 완수하고도 현저히 다른 보상의 차이가 생길 수 있는 여지가 충분한 것이다.

"13.2 스피어가 생겼다 이거지."

동원이 표시되고 있는 숫자를 살폈다.

첫 번째 퀘스트 보상으로 얻은 12.2 스피어에 도마뱀과 지렁이를 사냥한 대가로 얻은 1 스피어가 합쳐진 수치였다.

동원은 우선 자신에게 주어진 이 스피어들로 무엇을 할 수 있는지 알고 싶었다.

튜토리얼 직후에는 1 스피어밖에 없어 선택의 폭이 매우 적었지만, 이제는 좀 다를 것 같았다.

"이 스피어로 선택할 수 있는 선택지를 보여줘."

"다음과 같은 선택이 가능합니다."

빠르게 동원의 앞에 새로운 글자와 화면들이 출력됐다.

[기술 개방(Technique)]

[능력 배분(Stats)]

[물품 구매 및 판매(Store)]

물품 구매는 이미 손에 끼고 있는 너클을 살 때 한 번 경험해 본 적이 있다.

하지만 나머지 둘은 처음 보는 것이었다.

기술 개방과 능력 배분이라.

스피어의 쓰임새가 다양했던 것이다.

동원은 우선 기술 개방이 적힌 글자를 클릭했다.

그러자 다섯 개의 검은색 사각형이 동원의 앞에 펼쳐졌다.

다섯 개의 사각형 중 하나는 왼쪽에, 그리고 세 개는 가운데에 세로로, 나머지 하나는 오른쪽에 위치해 있었다. 1—3—1의 구조인 것이다.

그리고 각각의 사각형에는 다음과 같은 글자가 적혀 있었다.

[P, T1, T2, T3, U]

기술, 그러니까 테크닉이라고 했으니 가운데 세 개의 숫자는 어렴풋이 짐작이 갔다.

그렇다면 양옆은 무엇일까?

동원이 살짝 손을 가져다대니 생략되어 있던 알파벳이
마저 옆으로 표기되었다.

[Passiue] [Ultimate]

패시브, 그리고 얼티밋이었다.

총 다섯 개의 기술이었다.

아무런 표시 없이 막혀 있는 상태라 어떤 기술인지는 알
수 없었지만, 해당 기술들을 일정 스피어를 투자해서 개방
하거나 키울 수 있는 것 같았다.

"비용은?"

"개방에 소모되는 스피어를 표기합니다. 스피어의 표기
는 약식화된 S로 대체합니다."

동원의 물음에 즉각적인 표시가 이루어졌다.

그러자 패시브 옆에 10S라는 단어가 생겨났고, 세 개의
테크닉 옆에는 차례대로 1S, 10S, 100S 라는 단어가 생겨났
다. 이어서 얼티밋에는 200S라는 단어가 표시됐다.

동시에 두 번째와 세 번째의 기술, 그리고 얼티밋에는 [현
재 개방 불가]라고 적힌 메시지가 함께 출력됐다.

좀 더 자세히 보기 위해 살짝 손을 가져다 대니 다음과
같은 내용이 추가로 이어졌다.

[Passiue : 현재 개방이 가능합니다. 비용 10S.]

[T1 : F랭크 1단계, 현재 개방이 가능합니다. 비용 1S.]

[T2 : E랭크 1단계에서 개방이 가능합니다. 비용 1005.]

[T3 : D랭크 5단계에서 개방이 가능합니다. 비용 1005.]

[U : C랭크 10단계에서 개방이 가능합니다. 비용 2005.]

지금 가지고 있는 스피어가 13.2개이고, 랭크가 F이니 선택지는 두 개뿐이다.

패시브와 첫 번째 테크닉이다.

"이 기술들이 어떤 것인지는 미리 알 수 없는 거야?"

"대상자의 특질과 성향에 맞게 설정되어 있습니다. 변경이 가능하지만 재설정에 필요한 비용이 있으며, 모든 능력을 초기화한 후 처음부터 시작해야 합니다. 리스크에 대한 부담 역시 본인이 감수해야 합니다."

"역시… 어지간한 파악은 다 되어 있다 이거군."

누구나 스피어에 들어올 수 있게 선택된 것이 아니라면, 아마도 이 시스템은 스피어 내에서 생존 가능성이 높거나 능력을 발전시킬 가능성이 높은 대상자를 우선시했을 가능성이 높았을 것 같았다.

어디까지나 추측이었지만, 시스템이 저런 식으로 안배해 놓은 것을 보면 가능성이 높은 예상이었다.

동원은 우선 패시브에 시선을 돌렸다.

한편으론 여전히 눈에 밟히는 테크닉과 얼티밋 쪽에 대한 궁금증을 질문했다.

"이 기술들은 계속 사용이 가능한 거야?"

"패시브는 조건을 충족하면 발동하며, 세 개의 기술은 각자 할당된 재사용 대기 시간이 지나야 사용이 가능합니다. 얼티밋의 경우 한 번의 퀘스트에 한 번 사용이 가능합니다. 그리고 스피어 밖에서 사용하기 위해서는 얼티밋에 한정해서 별도의 해제 절차 및 스피어 투자가 추가로 필요합니다."

"잠깐만."

동원의 표정이 바뀌었다.

스피어 밖, 그러니까 현실에 대한 언급 때문이었다.

지금 이 안에서 구현 가능한 기술들이 현실에서도 활용 가능하다는 이야기다.

지금까지 동원에게는 스피어 안에서 강해지는 것이 밖에서도 적용될 것이라는 생각은 없었다.

하지만 안내대로라면 스피어 내에서 개방된 기술들을 밖에서도 사용할 수 있다는 것이다. 얼티밋의 경우에만 그 특수성으로 인해 별도의 절차와 비용 투자가 필요하다는 이야기였다.

"일단은 다른 것들부터 좀 더 확인해 봐야겠다. 능력창과 물품 구매가 되는 창을 동시에 보여줘."

동원의 말이 끝나자마자 기술이 표시되던 창이 흩어져

없어지고, 양옆에 동원이 요구한 두 개의 창이 가지런히 펼쳐졌다.

이름을 보고 예상했던 대로, 능력 배분창은 스피어를 투자해 원하는 능력치를 올릴 수 있도록 되어 있었다.

[배분 가능한 스피어 : 13]

화면 하단에 자신이 보유하고 있는 스피어의 개수가 보였다. 0.2개는 투자가 불가능한 단위라 누락시킨 모양이었다.

빠르게 설명을 훑어보니 초기에는 스피어 1개로 능력치 1을 교환할 수 있다고 했다.

하지만 점점 능력치가 높아질수록 해당 능력치 포인트를 1 올리는데 소모되는 스피어의 개수가 늘어난다고 적혀 있었다.

즉, 어느 시점부터는 같은 수치를 올리기 위해서 필요한 스피어가 1개가 아니라 2개, 3개… 식으로 불어난다는 얘기다.

힘, 민첩성, 지혜, 방어력부터 시작해서 창에 위치한 스크롤을 한참을 내려야 끝이 보이는 능력치들의 향연이었다.

동원은 일단 단계별로 책정된 가변적인 개수의 스피어를 투자해서 능력치와 교환할 수 있다는 사실을 파악하고, 구매창으로 시선을 돌렸다.

상당히 많은 물품들이 보였다.

스크롤의 끝이 안 보일 정도였다.

시선을 조금 위로 올리자, [전체]라고 표시된 탭이 보였다.

아마도 현재 스피어로 구매 가능한 모든 목록을 표시한 것일 터. 동원이 그 옆을 보니 [무구] [방어구] [의복] [신발] [장신구] [기타] 로 만들어진 별도의 탭이 더 있었다.

그리고 끝에는 [비용과 관계없이 모든 물품 보기]의 체크박스도 만들어져 있었다. 표시가 안 되어 있는 것으로 봐서는 저 설정을 활성화시키지 않았기 때문에 13.2 스피어로 구매 가능한 물품들만 보여주는 것 같았다.

가장 눈길을 끈 것은 [기타] 목록에 있는 금괴였다. 빡빡한 삶을 살고 있는 동원이 좀처럼 보기 힘든 반짝이는 금의 모습이 이미지로 등록되어 있다.

[골드바 $2^{m}g = 15$]

정확한 시세까지는 알지 못하지만, 동원이 기억하고 있는 것이 맞다면 금은 그램당 5만 원에서 6만 원 사이로 거래되었다.

즉, 현금가로 따지면 약 100만 원.

엄청난 액수였다.

퀘스트 수행 시간의 보너스 환산치로 따지면, 10분만 더 빨리 왔다면 100만 원을 벌었을 가치였다.

2014년의 현실은 돈으로 시작해서 돈으로 끝나는 세상이다.

지금까지 살아오면서 단 한 번도 풍족한 삶을 경험해 본 적이 없는 동원의 입장에선 달콤한 유혹이기도 했다.

하지만 위험한 고비를 넘겨가면서 얻은 스피어를 영구적으로 자신에게 적용될 스킬이나 능력치가 아닌, 쓰면 없어질 돈과 교환한다는 것은 사치 같았다.

돈은 충분히 현실에서도 벌 수 있는 것이었기에.

동원은 화폐와의 교환을 기억에 담아 두기만하고, 욕심은 내지 않았다. 그리고 이어서 무구와 방어구 쪽을 살폈다.

단발성의 퀘스트로 끝나는 것이 아니라면 다음번의 도전에서도 자신을 지킬 무언가가 필요했다.

화려한 무구들이 많았다.

하다못해 검만 살펴봐도 단검에서 장검류까지 수가 다양했다. 동원이 끼고 있는 너클의 종류 역시 외형과 재질이 다양했다.

그중에서 눈길을 끄는 것은 티타늄으로 만들어진 너클이었다. 지금 동원이 끼고 있는 것은 스테인리스강을 소재로 만든 너클이라 티타늄보다는 강도가 약했다.

건틀릿 쪽도 1 스피어라는 범위에서 벗어나 가용 가능한 금액이 확장되니, 눈에 띄는 것들이 여럿 들어왔다.

선택의 시간.

동원은 곰곰이 생각에 잠겼다.

일단 구매 쪽에서는 생각을 접었다.

무구가 좀 더 좋은 것으로 바뀐다고 해서 폭발적인 힘의 상승을 기대하기는 쉽지 않기 때문이다. 게다가 자만까지는 아니더라도, 동원은 우선 자신이 보유하고 있는 스테인리스강 너클로 충분히 스스로를 보호할 만한 교전은 가능하다고 생각하고 있었다.

그렇다면 자신의 신체 능력과 즉각적으로 연결되는 능력 배분과 앞으로 반영구적으로 쓸 수 있을 것으로 예상되는 기술 쪽을 개방하는 것이 나아보였다.

기본적으로 무구의 파괴력을 높여주는 것은 무구 자체의 위력보다는 사용하는 당사자의 신체 능력 정도가 많은 영향을 미치기 때문이다.

동원은 우선 패시브 개방을 위해 10 스피어를 사용하기로 결정했다.

기술창을 떠올리니 출력되어 있던 두 개의 창이 흩어지고, 바로 기술창이 나타났다.

동원이 조심스럽게 P라고 적힌 버튼 위로 손가락을 가져다 댔다.

"10 스피어가 소진됩니다. 동의하십니까?"

"동의."

시온의 물음에 동원이 고개를 끄덕였다.

그러자 보유 중인 스피어의 개수가 3.2개로 줄어드는 동시에 검은색 사각형으로 무미건조하게 채워져 있던 칸에 이미지가 새겨졌다.

분노에 가득 찬 듯한 붉은색의 두 눈빛.

얼굴 전체에서 흘러내리는 수많은 핏줄기들.

그리고 하얀 이를 드러낸 채 머금고 있는 광기 어린 미소.

이미지만 보더라도 직관적으로 연관되는 단어를 유추할 수 있을 것 같았다.

"버서크(Berserk)."

동원이 중얼거렸다.

동시에 패시브에 관련된 안내 메시지들이 연달아 출력되기 시작했다.

[Passiue : 보유한 체력이 50% 이하로 떨어지면 공격 능력이 1.5배, 공격 속도가 1.5배 강화됩니다. 회복하여 체력 퍼센티지가 50% 이상으로 올라가면 자동으로 해제됩니다. 해제 후 5분간은 재적용이 되지 않습니다.

보유한 체력이 20% 이하로 떨어지면 공격 능력이 4배, 공격 속도가 4배 강화됩니다. 회복하여 체력 퍼센티지가 20% 이상으로 올라가면 자동으로 해제됩니다. 해제 후 5분간은 재적용이 되지 않습니다.

보유한 체력이 5% 이하로 떨어지면… 미확인 정보입니다.]

동원에게는 유용한 패시브였다.

더 강해질 수 있는 계기가 마련되려면 필연적으로 위험에 노출되어야 한다는 이야기였지만 접근전, 육탄전이 더 익숙한 동원에게는 오히려 부족한 점을 보완해 줄 수 있는 궁합 좋은 패시브이기도 했다.

거슬리는 것은 5% 이하로 떨어졌을 경우에 대한 이야기였다. 매끄럽게 글자가 이어지고 있는 메시지 내용과 달리, 그 부분에서는 마치 검은색 매직을 칠해놓은 것처럼 글자가 보이지 않았던 것이다.

"미확인 정보라는 건, 지금 알고 있지 못하거나 혹은 개방되지 못한 기술들과 연관이 되어 있어서?"

"……."

유도 질문에도 걸려들지 않는다.

추측이지만, 동원은 자신의 생각이 어느 정도 들어맞을 가능성이 높다고 생각했다. 조건부로 발동이 되는데, 그 조건을 충족시킬 수 있는 여건이 되지 않으니 확인할 수 없는 것일 터다.

패시브의 내용은 이해했다.

평상시에는 발동되지 않지만 대상자, 그러니까 동원이 점점 위험한 상황에 처하게 될수록 역설적으로 강해지게 만들어주는 패시브였다.

마지막 줄에 미확인 정보로 생략된 부분이 무척이나 궁금했지만, 언젠가는 알게 될 것이라 생각하며 더 이상 미련을 두진 않았다.

성민은 바로 T1으로 시선을 옮겼다.

남은 스피어로 개방이 가능했기 때문이다.

설명은 없다. 우선은 열고 봐야 했다.

어차피 스피어 안에서나 밖에서나 쓸 수 있는 기술이라면 미리 열어두어서 나쁠 건 없을 것 같았다.

T1이라고 쓰여진 글자 위에 손가락을 갖다 댔다. 시온이 의사를 묻고 동원이 동의한다고 말하자 자연스럽게 개방이 이루어졌다.

[T1(별도 이름 설정 가능) : 회피 동작 이후, 다음 공격 1회의 위력을 2.5배(+2 × T1레벨) 강화시킵니다. 재사용을 위한 대기 시간은 17초(—1.5 × T1레벨)입니다.]

"조건부구나. 공격을 맞았을 때는 의미가 없고, 피했을 때 그다음 공격을 카운터펀치로 활용할 수 있는……."

동원이 고개를 끄덕였다.

T1레벨이라고 언급된 것을 보니 해당 테크닉을 한 번만 개방하고 끝나는 것이 아닌 것 같았다.

능력치에 스피어를 투자해 지속적으로 상승시킬 수 있는 것처럼, 테크닉 역시 스피어를 투자하는 만큼 단계를 올릴 수 있어 보였다.

동원이 손가락을 다시 가져다 대보니 5S 라는 단어가 생겨났다. 방금 전에 T1을 개방하면서 1스피어를 썼기 때문에 남은 스피어는 2.2개. 지금은 불가능했다.

테크닉 자체는 동원에게 매우 쓸 만한 것이었다.

기본적으로 주로 쓰는 방어법인 위빙이나 슬리핑, 더킹 모두 회피 또는 회피 후 공격으로 이어지는 연결 동작이었다.

가장 맞춤형 기술인 것이다.

동원은 만족스러웠다.

"한 번 시험해 볼 수 있을까?"

"가능합니다."

파팟.

동원이 시온에게 묻자, 시온이 통로 한가운데에 천장과 사슬로 연결된 샌드백을 만들어냈다.

툭. 툭.

동원이 너클을 빼고 천천히 주먹으로 샌드백을 쳤다.

타격감은 좋았다. 예전에 체육관에서 치던 샌드백 느낌 그대로였다. 마치 여기다가 그대로 가져다 놓은 느낌.

동원이 두어 번 정도 터치를 마친 다음, 샌드백을 쭉 뒤로 밀었다.

샌드백 앞뒤로 움직이면서 자연스럽게 회피 동작을 취할 수 있는 조건이 마련되기 때문이다.

휘익 하는 소리와 함께 한 번의 왕복을 끝내고, 다음번을 위해 샌드백이 다가오는 순간. 동원이 상체를 옆으로 빼내며 바로 회피 동작을 취했다.

그러자 머릿속에서 직관적인 반응이 일어났다.

테크닉의 발동 유무를 묻는 메시지라든가 물음이 아니라, 동원 스스로 T1 기술을 사용할지 말지에 대한 선택이 가능했던 것이다.

우선 일반적인 파괴력을 보고 싶었던 동원은 기술을 발동시키지 않았고, 그대로 주먹으로 샌드백 옆을 치자 턱 하는 소리와 함께 묵직한 샌드백이 살짝 방향을 틀었다가는 원래의 자리로 돌아갔다.

워낙에 안에 든 내용물이 묵직한 샌드백이었기 때문에 이 정도도 충분한 타격이 된 셈이었다.

동원이 바로 샌드백을 뒤로 밀었다.

이번에는 기술을 발동시킬 생각이었다.

또다시 휘익 하는 소리와 함께 샌드백의 왕복이 끝났고, 다음 왕복을 위해 샌드백이 다가왔다.

"후!"

이어지는 회피 동작. 그 순간 방금 전과 같이 선택에 대한 직관적인 반응이 일어났다.

동원은 망설이지 않고 바로 기술을 발동시켰다.

퍼어억!

묵직한 격타음이 들리며 수평으로 왕복하던 샌드백이 동원의 펀치에 방향을 직각으로 틀어 수직으로 움직였다. 순간 펀치가 닿은 샌드백 한가운데가 푹 눌렸다가 나올 만큼 위력적인 한 방이었다.

"괜찮은데."

동원이 만족스런 표정으로 주먹을 어루만졌다.

별도의 기술 아이콘이 출력되고 있는 것은 아니었지만, 자연스럽게 머릿속에서 방금 전에 사용한 T1 기술에 대한 재사용 대기 시간이 계산되고 있었다. 이 시간 동안에는 조건을 충족시키더라도 시간이 되지 않아 사용할 수 없는 것이리라.

이제 2.2개의 스피어가 남았다.

동원은 능력 창에서 가장 상단에 있었던 힘에 두 개의 스피어를 투자했다.

민첩성, 지혜, 방어력을 시작으로 최하단의 부활 능력까지 다양한 스탯이 있었지만, 지금으로서 동원 자신에게 가장 중요한 것은 힘이었기 때문이다.

부활 능력 같은 경우는 1000 스피어를 소진해야 한 개의 스탯이 오르도록 되어 있었다. 옆에 붙은 설명을 살펴보니, 죽게 되었을 경우 부활 포인트 1개를 소진하여 예외적으로 살아날 수 있게 해주는 것 같았다.

지금으로서는 그림의 떡이고, 생각할 필요도 없는 분야이기도 했다.

"근육이 조금 붙은 느낌인데. 삼두랑 이두 쪽이."

힘에 대한 스탯이 오르자 자연스럽게 몸에서의 변화도 느껴졌다.

아주 미세한 변화였지만, 자신의 몸에 대해 잘 알고 있는 동원에게는 충분히 체감이 되는 변화였다.

이렇게 스피어 배분도 끝났다.

다음은 무엇일까.

"스피어 밖으로 나가시겠습니까?"

"가능해?"

"퀘스트 1회를 종료하면 얼마든지 나가실 수 있습니다. 스피어의 좌측에 표시되는 시간은 다시 스피어로 들어오기 위해 기다려야 하는 대기 시간입니다. 대기 시간의 카운트가 끝나지 않으면 들어오실 수 없습니다."

"아, 그 시간이 그런 뜻이었나."

동원은 선명하게 두 개의 시간을 기억하고 있었다.

스피어에 들어오기 전, 왼쪽에 표시되어 있던 시간은 [00:00:00]으로 되어 있었다. 그것은 한 번도 퀘스트를 수행한 적이 없었기 때문에 책정된 대기 시간이 없어서 였을 것이다.

"그렇다면 오른쪽은?"

"반드시 퀘스트를 수행하기 위해 입장해야 하는 절대 시간(Absolute Time)입니다. 절대 시간의 카운트가 끝나면 본인의 의사에 관계없이 입장이 이루어집니다. 시간은 대기 시간에 비해 훨씬 길게 주어지지만, 피할 수는 없습니다."

"빨리 들어오고 싶으면 대기 시간이 끝나는 대로 스피어를 접촉하거나 해서 입장하면 되고, 그게 싫으면 절대 시간을 최대한 채워서 그때 맞춰서 들어오라는 이야기인가?"

"그렇습니다."

"자율에 강제를 섞어놓은 시스템이라… 상대의 의사는 전혀 고려하지 않은 결과물이군."

동원이 씁쓸한 표정을 지었다.

그렇지 않은가? 피하고 싶어도 피할 수는 없는 것이다.

"스피어 밖으로 나가시겠습니까?"

시온이 재차 묻는 것이 그만 징징대고 나가라는 압박을 주는 듯하다.

모든 작업이 끝난 마당에 굳이 이 안에 있을 이유도 없었다.

"보내줘."

"안녕히 가십시오. 통로가 개방되었으니 입구를 통해 나가시면 됩니다."

핏.

마지막 안내를 끝으로 시온의 모습은 사라졌다.

동원은 바로 입구 쪽으로 발걸음을 돌렸다.

볼라키스 산에서 있었던 일들을 하나하나 복기하면서 걷다 보니 어느새 입구였다.

입구는 처음 들어왔을 때처럼 외곽의 테두리에서 묘한 미동이 일렁이고 있었다.

"후우."

심호흡을 하고 동원이 발걸음을 내딛자, 쑤욱 하는 느낌과 함께 이번에는 스피어의 표면이 동원의 몸을 받아들이며 빨아들였다.

그리고 환해지는 시야에 눈을 뜨자, 어느새 익숙한 방 안으로 돌아와 있었다.

들어올 때가 4시 40분경이었고, 스피어 안에서 퀘스트를 수행하기 위해 보낸 시간이 3시간 30분가량이었으니, 아침 8시를 훌쩍 넘긴 시간일 것이다.

시간이 꽤 흘렀으니 포탈과 붉은 안개에 대한 소식도 어느 정도 나온 것이 있을 터였다.

─착한 드링크, 해피 비타민!

동원의 귀에 들려오는 익숙한 광고 음악이 있었다.

우연의 일치인 걸까?

스피어에 들어가기 전, 동원이 마지막으로 들었던 비타민 음료 광고의 뒷부분이었다.

제6장
지옥의 안개(Mist of Hell)

　하지만 우연이 아니라는 사실을 알아차리는 데에는 그리 오랜 시간이 걸리지 않았다.

　창문 밖으로 보이는 하늘이 말해주는 시간과 동원이 들고 있는 스마트폰에 표시된 시간이 거의 일치하고 있었기 때문이다.

　"4시 40분."

　창문 밖의 하늘은 여전히 어두웠다.

　스마트폰의 시계는 4시 40분 그대로였다.

　[07:59:59] [47:59:59]

동시에 시온의 말대로 두 개의 시간이 카운트됐다.

대기 시간과 절대 시간의 카운트다운이었다.

"시간이 가지 않았어?"

이것까지는 예상하지 못했던 동원이었다.

사용할 수 있는 모든 수단과 방법을 동원해서 시간을 확인했고, 4시 40분이 확실했다.

스피어 안에서 보냈던 4시간 남짓의 시간들이 밖에서는 단 1초의 시간도 되지 않은 것이다.

아주 잠깐 동안 동원은 자신이 꿈을 꾸고 있는 것은 아닐까 생각했다.

하지만 팔뚝을 보니 스피어 안에서 이두근과 삼두근이 붙었던 그 느낌과 외형 그대로였다. 패시브와 기술 T1에 대한 직관적인 생각도 여전히 머릿속에 남아 있었다.

"너클이……."

그때, 동원은 이 모든 생각을 한 번에 결정짓는 확정적인 단서를 발견했다.

스피어 안에서 양손에 끼우고 있었던 너클이 지금 동원의 손에도 그대로 끼워져 있었던 것이다.

그 안에서의 일은 꿈같은 허무맹랑한 것이 아니었다.

바로 현실이었다!

*   *   *

옷을 대충 챙겨 입은 동원은 우선 밖으로 나왔다.

평소 같았으면 두꺼운 이불 속에 들어가 잠을 청했을 시간이지만, 세상 가는 줄 모르고 잠이나 잘 여유가 없었다.

완충된 배터리로 갈아 끼운 스마트폰을 챙기고, 너클은 만약을 위해 안주머니 속에 넣어 두었다.

동원은 서울 스퀘어로 가볼 생각이었다.

포탈과 붉은 안개를 확인해 보고 싶었기 때문이다.

이제 막 첫차가 다닐 시간이었고, 여유가 없어 택시까지는 못 타겠지만 버스를 타고 이동하기에는 충분한 시간이었다.

스피어는 거리를 두고 자신의 뒤를 따라오고 있었다.

동원이 머릿속으로 스피어의 위치를 시야에 들어오지 않는 머리 위로 바꾸었으면 하고 생각하자, 자연스럽게 스피어가 자신의 위치를 머리 위로 옮겼다.

"총각, 저게 도대체 뭐여?"

정류장 쪽으로 향하는 길.

이른 새벽이라 사람들은 많지 않았지만, 하루 일과를 항상 일찍 시작하시는 노인분들은 벌써부터 거리를 돌아다니며 폐지를 수거하고 있었다.

간밤에 내린 눈으로 온통 미끄러운 빙판길이었지만 그 와중에도 꿋꿋하게 당신들의 일을 하고 계시는 모습이었다.

옷깃을 여미며 버스정류장으로 가던 동원은 자신을 붙잡고 묻는 할머니의 말에, 자연스럽게 할머니가 손가락 끝으로 가리키는 반대편 방향으로 시선을 돌렸다.

"저건……."

"방금 뉴스에 나온 그 이상한 구멍 같은 거 아니여?"

"맞습니다."

할머니의 말대로였다.

거리까지 정확히 계산할 수는 없지만, 북쪽으로 1㎞ 정도 가면 나오는 공터 부근에 보란 듯이 놓여 있는 포탈 하나가 보였다.

동원이 살고 있는 곳의 지대가 높다 보니, 공사를 위해 주변을 싹 갈아엎고 예비 부지로 둔 공터 한가운데에 위치한 포탈을 어렵지 않게 발견할 수 있었던 것이다.

붉은색 포탈. 어두운 밤을 배경으로 하니 더 선명하게 보이는 포탈이었다.

포탈이 있는 쪽은 아직 동원이 살고 있는 동네에서 개발이 되지 않은 구역으로, 이제 막 터 닦기 작업에 들어간 곳이었다. 그래서 도로와 버스 정류장이 늘어선 이쪽과는 달리 인적도 드문 곳이었다.

주로 담배를 태우고 술을 마시며 노는 중고등 학생들이 아지트처럼 쓰던 곳이긴 했지만, 날이 추워지면서 아이들도 다른 곳으로 사라져 버렸다.

여기서 600m 정도를 걸으면 그나마 군데군데 남아 있는 연립주택의 행렬도 끝이 난다. 그다음부터는 칼바람이 매섭게 부는 휑한 공터가 펼쳐지게 되는 것이다.

"어이구, 이게 무슨 일이여… 총각도 괜히 쏘다니지 말고 어여 들어가. 이거 무서워서 안 되겠구만, 여기만 돌고 들어가야지……."

할머니는 종종 걸음으로 리어카를 끌고는 반대편으로 멀어져 갔다.

동원은 한참을 포탈에서 시선을 떼지 못했다.

서울 스퀘어나 해운대, 다른 지역 여기저기서 목격담이 발견되었을 때만 해도 머릿속에 아주 조금이나마 조작이나 환상 같은 것일지도 모른다고 생각했었다.

하지만 아니었다. 두 눈으로 보이는 포탈은 실재했다.

공터로 향하며 동원은 항상 담배를 사기 위해 들르던 편의점으로 향했다.

스피어 안에서 한바탕 전투를 치르고 난 뒤라서 그런지

무척이나 담배가 땡겼다. 담뱃갑 안을 보니 남은 것이 한 개비였다. 나중에 후회하느니 미리 한 갑 더 사두는 게 나을 듯싶었다.

"어서 오세요. 어? 동원 씨, 오늘은 늦게 오셨네요."

편의점에 들어서니 반갑게 그녀가 인사를 건넨다.

이름은 김윤미다. 어쩌다가 통성명을 하게 되어서 서로의 이름은 알고 있었다. 아쉽게도 서로의 이름과 나이만 알고 있는 사이이기는 했지만.

매일 야간 근무를 서는 김윤미는 화요일부터 토요일 새벽까지, 항상 동원이 호프집 아르바이트를 끝내고 새벽 4시 20분을 전후해서 편의점에 들러 담배 한 갑을 사간다는 것을 알고 있었다.

그래서 동원이 입구의 문을 열고 들어설 때면 이미 기다리고 있었다는 듯이 담배를 계산대 앞에 놓고 타이밍 맞게 바코드까지 찍어주는 일도 종종 있었다.

하지만 오늘은 어쩐 일인지 동원이 오지 않았다. 그래서 무슨 일이 있나 하고 걱정하던 차에 동원이 들어온 것이다.

4시 45분. 평소보다 25분이 늦은 시간이었다.

"아, 다른 일이 좀 있었어요. 잠시 그것 좀 해결하고 오느라……."

동원이 적당히 둘러댔다.

생각해 보니 스피어에 신경이 쓰여 집으로 돌아가는 길에 담배를 사는 것도 깜빡했던 것이다.

"뉴스 혹시 보셨어요? 서울 스퀘어에서 벌어진 사건이요. 정말 깜짝 놀랐어요. 인터넷으로 검색해 보니까 무슨 이상한 검은색 공 같은 것도 본 사람이 있다고 하는데… 그런 건 다 거짓말이겠죠?"

검은색 공. 스피어를 말하는 것이 분명하다.

스피어에서 나온 이후 인터넷 검색을 해보지 않았는데 벌써 스피어에 대한 이야기가 돌고 있는 것일까? 동원이 살짝 고개를 내밀어 김윤미가 보고 있던 노트북의 포털 사이트 화면을 살폈다.

―혹시 검은색 구체 본사람? 스피어에 들어가 본 사람? 나 들어가서 죽을 뻔했다가 살아서 나왔다. 진짜 뒤질 뻔했어. 경험담 이야기해 줄 사람 없어? 이거 듣고 분명히 미친놈이라고 말할 사람들 많을 것 같은데. 신빙성을 더해줄 사람?

―그런 것 없는데. 미친놈아, 헛소리 좀 작작해.

―진짜라니까! 이거 인증샷. 능력치를 올려서 어제까지만 해도 이랬던 몸이, 지금 이 정도로 바뀌었다고.

―구라도 정도껏 합시다. 관심종자네, 이 새끼.

―옛날 사진 지금 사진 올리면 그런 조작 누구는 못 하냐? 옛다,

관심이나 처먹어라.

　김윤미가 보여준 어떤 사람의 SNS에는 인증샷이라며 마른 몸 사진 한 장과, 살집이 제법 붙으며 근육도 같이 불어난 사진 한 장이 올려져 있었다.

　그 아래에 답글을 단 사람들은 장난을 치는 것이라며 믿지 않는 눈치였지만, 동원은 바로 내용을 이해할 수 있었다.

　스피어 경험자이기 때문에 스피어라는 단어를 쓸 수 있었을 것이고, 저런 몸의 변화는 힘 스탯에 보상 스피어를 투자했기 때문에 일어난 변화였을 것이다.

　아마도 동원처럼 패시브나 기술에 스피어를 쓴 것이 아니라, 힘 쪽으로 스피어를 모두 사용했을 가능성이 커 보였다. 그래야 저 정도로 가시적인 몸의 변화가 일어났을 테니까.

　'스피어 안에 있을 때는 현실에서의 시간이 멈춰 있었을 테니까, 지금 글이 올라오는 게 이상할 것은 없겠지.'

　지금 스피어에 대해 글을 남긴 저 사람은 동원처럼 방금 막 스피어에서 빠져나온 사람일 것이다.

　그리고 저 말을 믿지 못하고 아래에 답글을 달고 있는 사람들은 스피어의 세계를 경험해 보지 못한 사람이 틀림없었다.

"윤미 씨가 볼 때는 어때요?"

동원이 김윤미에게 물었다.

만약 그녀가 스피어의 세계를 체험했다면 지금쯤 자신을 붙잡고 스피어에 대한 이야기를 늘어놓았을 것이다.

마음이 여려 보이는 사람이라 아마 혼자서 견딜 수 없는 고통이었을 테니까.

다만 동원은 자신이 경험한 스피어에 대한 이야기를 먼저 쉽게 꺼내고 싶지는 않았다. 단비의 경우처럼 자신을 이상하게 볼 수도 있을 것이고, 굳이 이 사실을 마치 훈장을 가진 것처럼 떠벌리고 싶지도 않았다.

무엇보다 그녀는 지금 자신의 머리 위에 있는 스피어를 보지 못하고 있었다. 그 이야기는 단비처럼 그녀도 스피어와는 무관한 사람이라는 증거다.

"있을 수도 있고 없을 수도 있고… 사람을 죽이는 안개와 이유를 알 수 없는 포탈도 생겨난 마당인데 저런 현상이 안 생길 것이라고 확신은 못 하겠어요. 하지만 보인다고 하는 사람이 미친놈 소리 듣기 딱 좋지 않을까요?"

"그렇겠죠."

"2,500원이에요."

아, 아직까진 2,500원이지.

무의식적으로 주머니에서 500원과 지갑에서 4,000원을 꺼내려던 동원은 김윤미에게 천 원짜리 지폐 두 개를 빼고는 건네주었다. 하도 담뱃값 인상을 두고 말이 많다 보니, 스피어에 다녀온 사이에 담뱃값에 대한 생각도 사라진 모양이었다.

"저… 아니다. 수고하세요."

"네? 네네, 안녕히 가세요!"

어색한 인사를 끝내고, 동원은 편의점 밖으로 나왔다.

오래전부터 동원은 김윤미에게 관심이 있었다.

가슴 언저리까지 내려오는 긴 생머리에 어지간한 남자라면 군침 한 번은 꼭 흘릴 만한 볼륨감, 그리고 환한 미소가 매력적인 여자였기 때문이다.

쌍꺼풀이 없는 것치고는 정말 큰 눈이었고, 코 역시 오뚝했다. 입술은 도톰했고, 항상 발라져 있는 핑크 컬러의 립스틱은 그런 입술을 더욱 돋보이게 만들었다.

하지만 늘 이렇게 담배 하나를 사고 나면 아쉬운 새벽의 만남도 끝이었다.

밥이라도 한 끼 같이 먹자고 하고 싶은 마음이 굴뚝같았지만, 그러기엔 동원의 삶에 여유가 없었다.

나는 굶을지언정 내 여자를 굶기고 싶은 생각이 없는 동원이었기에 연애는 아직까진 먼 훗날의 이야기였다.

최소한 지금 살고 있는 방의 월세와 한 달의 생활비, 그리고 담뱃값을 제외하고 여분의 돈을 굴릴 수 있을 그때 누군가를 만나고 싶었다.

"나비야, 오늘은 누나가 줄 게 없는데… 어떡하지? 아, 맞다. 김밥 남은 거 조금 줄까?"

동원이 성큼성큼 몇 걸음을 가는 동안, 문을 열고 나온 김윤미가 편의점 앞을 서성거리던 길고양이 '나비'와 대화를 나누고 있었다.

자주 보는 광경이었다. 나비는 항상 새벽 4시에서 5시 사이에 편의점 앞에 들러 김윤미로부터 잡다한 먹을거리들을 얻어먹고는 갔었기 때문이다.

동물을 좋아하는 여자, 동원은 마음에 들었다.

동원 역시 개나 고양이에 관심이 많았고 언젠가 여유가 되면 꼭 반려동물 하나는 키우고 싶다는 생각도 있었다. 다만 지금은 그 모든 생각들이 사치라는 사실이 못내 아쉬운 동원이었다.

후우우.

동원이 담배 연기를 뱉어내며 공터로 향했다.

길거리는 조용했다.

수많은 사람들이 여전히 꿈나라를 헤매며 지금 대한민국

땅덩어리 위에서 발생한 일조차 모른 채 깊은 잠에 빠져 있을 것이다.

만약 자는 와중에 스피어가 생성된 사람이 있었다면, 그 사람은 잠을 자던 채로 스피어에 입장하게 되었으리라.

등골이 오싹해졌다.

같은 시간에 전 세계적으로 스피어와의 연결이 이루어졌다면 지구 반대편의 나라에서는 대낮이니 크게 상관이 없었을지 몰라도, 대한민국에서는 대부분이 잠들어 있을 시간이었기 때문이다.

그렇게 생각하니 그 시간에 깨어 있었던 자신은 정말 운이 좋았던 것일지도 몰랐다.

[07:49:23] [47:49:23]

시간은 계속 흐르고 있었다.

동원은 DMB를 켰다. 지금으로서는 가장 빠르게 정보를 공개적으로 받을 수 있는 것은 뉴스 속보였다.

─속보입니다. 사당역 앞에서 미확인 괴생물체를 발견, 현장에서 사살했다고 합니다. 현장으로 연결해 보겠습니다. 김아영 기자?

"괴생물체?"

동원이 소리를 키우고 시선을 집중했다. 그사이 새로운 소식이 추가된 것이다.

DMB 뉴스 채널에 화면에서는 방금 들어온 속보의 헤드라인이 출력되며, 동시에 앵커가 현장의 기자에게 보도를 넘기고 있었다.

—네, 김아영입니다. 방금 전 사당역 4번 출구 앞에서 경찰의 실탄 발포가 있었습니다. 뒤에 보이는 것은 속보로 보도된 바와 같이 포탈과 붉은 안개입니다. 현재 붉은 안개는 내부를 전혀 촬영할 수 없을 정도로 짙게 깔려 있는데요. 3분 전, 경찰은 안개 속에서 밖으로 날아든 미확인 괴생물체를 상대로 실탄을 발포하여 사살하는 데 성공했습니다.

—김아영 기자, 지금 미확인 괴생물체라고 했는데요. 어떤 종류의 생물체였습니까? 그리고 파악된 바에 따르면 안개 안으로 들어간 모든 것들이 녹아버렸다고 전해졌는데요? 안개 안에서 나온다는 게 가능한 것인가요?

—현장의 경찰들도 그 점을 의아해하고 있습니다. 발포로 사살된 괴생물체는 파리와 비슷한 외형을 하고 있지만, 크기가 50㎝ 이상에 달하는 것으로 확인됐습니다. 경찰은 현재 현장으로부터 50m 반경 내의 접근을 엄중히 통제하고 있으며, 이로 인해 사당역을 기점으로 출발하는 광역버스 정류장 역시 100m 정도 떨어진 지점에 임시로 설치되어 있는 상황입니다. 시민 여러분들께서는 이 점을 꼭 참고하셔야겠습니다.

"변이된 개체 같은 거겠지. 내가 스피어 안에서 마주쳤던 토끼나 도마뱀, 지렁이처럼……."

50㎝의 파리라면 정상적으로 지구에 존재할 수 있는 생물체가 아니었다.

접촉하거나 들어가려 할 때만 위험할 것이라 생각했던 붉은 안개의 또 다른 영향력을 실감하게 된 셈이었다.

동원은 자신도 모르게 깊은 한숨을 내쉬었다. 가슴 속 깊숙한 곳에서부터 묵직하게 밀려 올라오는 긴장감을 쉽게 떨쳐낼 수 없었기 때문이다.

그렇다면 지금 동원이 계속 주시하며 걸어가고 있는 저 포탈과 안개 속에서도 충분히 변이된 곤충이라든지 다른 개체들이 나타날 가능성을 배제할 수 없었다.

—김아영 기자, 인명 피해는 없습니까?

—다행히 붉은 안개의 위험성을 속보를 통해 접한 시민들은 안개를 피해 통제선 밖으로 최대한 멀리 돌아 움직이고 있습니다. 교전 과정에서도 경찰 측의 피해는 없었던 것으로 확인되었습니다. 추가 소식이 전해지는 대로 바로 보도하겠습니다.

"후우."

DMB에서 시선을 뗀 동원이 어느새 필터까지 다 타버린 담배를 휴지통에 버리고는 속력을 내기 시작했다.

담배도 다 태웠고 몸도 따뜻하게 풀렸다. 동원은 아직 두 눈으로 직접 앞에서 보지 못한 포탈과 안개를 접하고 싶었다.

어쩌면 자신을 따라오고 있는 스피어와의 연계점을 현장에서 찾을 수 있을지도 모른다.

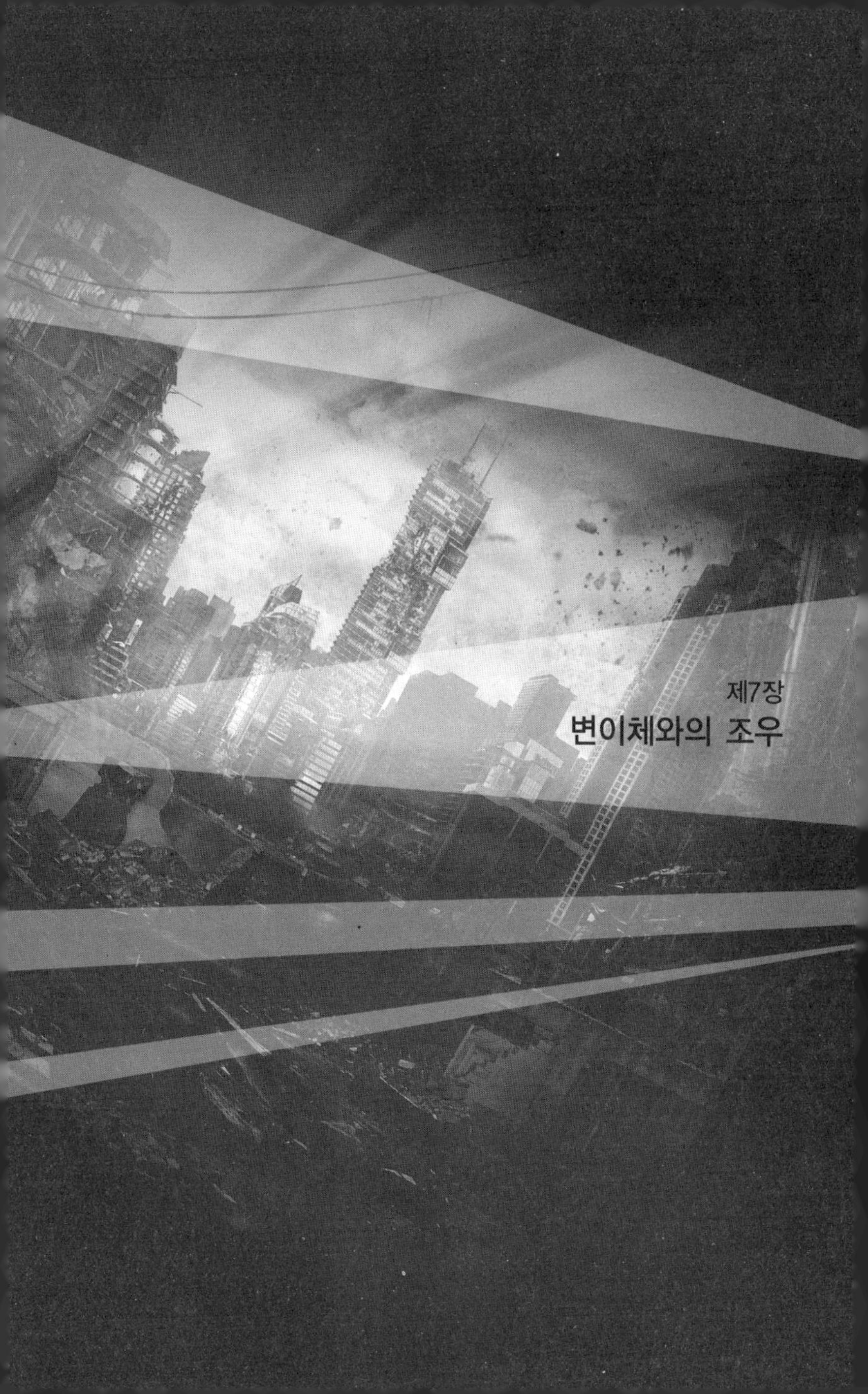

제7장
변이체와의 조우

  부지런히 뛴 동원이 포탈 근처에 도착한 것은 새벽 5시경이었다.

  뉴스의 속보들은 이제 더 이상 새로운 소식들을 전해주지 못하고 있었다.

  이대수 기자의 사망 소식과 사당역 앞에서 있었던 교전에 관련된 소식이 각종 뉴스 채널에서 글자나 구성 내용만 조금 바뀌어서 반복 보도됐다. 그 외에 추가로 파악된 것이 없었기 때문이다.

  스피어에 대한 이야기가 아직도 나오지 않는 것으로 봐

서는 확실히 스피어는 모든 사람에게 공통적으로 관찰되는 현상이 아닌 것 같았다.

동원은 스마트폰을 뒷주머니에 넣고 오리털 점퍼의 안주 머니에 넣어두었던 너클을 꺼내 양손에 착용했다.

이미 안개 속에서 빠져나온 생물체가 있지 않는가. 철저 하게 대비해야 했다.

"하……."

동원 자신도 모르게 깊은 한숨이 터져 나왔다.

포탈은 붉게 빛나고 있었고, 서울역과 사당역 앞의 포탈 들처럼 5m 반경에 안개로 만들어진 원형의 라인을 형성하 고 있었다.

다만 포탈의 높이는 조금 달랐다. 서울 스퀘어 앞의 포탈 은 9층까지 솟아 있었던 것으로 미루어 볼 때 약 25m 정도 되었겠지만, 이 포탈은 6m 정도로 건물 2층 높이였다.

안개가 가리고 있는 약 3m의 높이를 제외하면, 남은 3m 의 포탈 윗부분이 보이는 정도였다.

다만 붉은 안개가 워낙에 짙게 주변에 깔려 있다 보니 멀 리서도 육안으로 확인이 가능할 정도였다. 포탈 역시 자체 적으로 붉은빛을 내고 있어 더더욱 눈에 띄었다.

"우리 동네에도 이런 괴상한 것이 생길 줄은 상상도 못했 는데. 도대체 전국에 이런 포탈들이 얼마나 생긴 걸까."

두 눈으로 포탈과 안개까지 직접 봄으로써 이제 이 모든 것은 동원 자신에게 오롯이 현실이 되었다.

만약을 생각하며 조금이라도 부정하고 싶은 마음에 남겨 두었던 0.01%의 가능성마저도 말끔히 씻겨져 나간 것이다.

너클을 쥔 두 손에 자연스럽게 힘이 들어갔다.

평화롭던 인류의 시간은 재난 영화나 외계인의 침공을 다룬 영화에서 봐왔던 것처럼 이제 종언을 고하게 되는 것일까.

동원의 냉정하고도 이성적인 판단은 안타깝게도 부정적이고도 비관적인 예측에 큰 힘을 실어주고 있었다.

사사삭. 사사삭.

그때, 붉은 포탈과 안개가 만들어내는 시야 사이에서 무언가 움직이는 것이 동원의 눈에 들어왔다.

안개 사이를 뚫고 적갈색 빛의 무언가가 나오고 있었던 것이다.

"설마 저게……."

동원의 눈에 보인 것은 손 한 뼘의 길이보다도 더 긴 딱정벌레… 같은 것이었다. 손가락만 한 딱정벌레나 하늘소는 본 적이 있었지만, 한 뼘의 길이를 넘기는 딱정벌레는 본 적도 들은 적도 없었다.

딱히 벌레를 보고 비위가 상한다거나 공포증이 있어 보

지 못한다거나 하는 것은 아니지만, 상식을 뛰어넘는 크기를 한 곤충이 나오니 당황스러웠다.

동원이 살짝 뒤로 물러서며 포탈 주변을 살폈지만, 기어 나온 것은 이 녀석이 전부였다.

안개 밖으로 나와 좌우로 움직이길 반복하던 딱정벌레는 이내 동원에게 시선을 고정한 것처럼 제자리에 멈춰 섰다.

"후아."

등골이 오싹한 느낌과 함께 긴장감이 몰려왔다.

직감할 수 있었다. 놈은 자신을 빈틈을 노리고 있다. 그것은 굳이 생각하거나 판단하는 과정을 거치지 않고서도 느낄 수 있는 복서로서의 직감이고 육감이었다.

휘리릿. 휘리릿.

길게 솟아나온 더듬이가 좌우로 움직이고 웅크린 딱정벌레의 등껍질 언저리가 파르르 떨렸다. 날아오를 준비를 하고 있다.

동원은 대치 상태를 유지했다.

파악되지 않은 적을 상대로 선공을 할 생각은 없었다.

사각. 사가각. 사각. 탁!

세 번 정도 다리를 들었다가 놨다를 반복하던 녀석이 일거에 모든 다리에 힘을 주며 몸이 멈추는 시간이 있었다.

온다. 동원은 얼마 남지 않은 딱정벌레의 도약을 감지

했다.

파아앗!

도약한 딱정벌레의 몸이 동원을 향해 빠르게 다가왔다.

마치 3D 안경을 끼고 3D 화면으로 보는 것 같은 느낌이었다.

날카롭게 솟은 뿔은 위협적이었다.

작은 딱정벌레였다면 귀엽게 느껴졌을 뿔이 지금은 흉기가 되어 있었다. 거기에 적갈색의 등껍질 색깔과는 대조적으로 하얀 배는 마주하고 있는 상대가 벌레라는 것을 알기에 부족함이 없게 해주었다.

"후!"

동원이 호흡을 내뱉으며 허리를 비틀어 몸을 옆으로 꺾었다.

놈에게는 날개가 있었지만 공격 경로는 직선이었고, 날개를 이용해 방향을 틀기에는 무리가 있을 것이라 생각해 몸을 피한 것이다.

그 순간, 자연스럽게 T1 기술의 발동 요건이 갖춰졌다. 회피 동작이 이루어졌기 때문이다.

동원은 지체 없이 바로 오른쪽 주먹을 뻗어 그대로 녀석의 왼쪽 복부에 공격을 명중시켰다.

푸숙! 푸솨솨솨솩!

키이이이이이익!

들기만 해도 소름끼칠 비명 소리와 걸쭉한 액체가 동시에 터져 나왔다.

동원의 너클은 타격 부위가 날카롭게 가시 모양으로 손질된 것이었기 때문에 복부에 깊은 상처를 내면서 변이된 딱정벌레의 체액이 상처를 비집고 쏟아져 나온 것이다.

T1 기술의 효과는 확실했다.

생각했던 것보다 타격이 깊숙하게 들어갔고, 일격이었지만 딱정벌레의 복부에 치명적인 상처가 생겼다.

동원은 멈추지 않고 지면 위로 배를 내보이고 널브러진 딱정벌레의 위에서 수직으로 주먹을 내리쬈었다.

푸욱!

키이이이이익!

너클의 날카로운 부분이 복부에 꽂힐 때마다 고통에 찬 딱정벌레의 몸부림과 비명 소리가 귓전을 파고들었다.

하지만 동원은 감정의 변화 없이 묵묵히 녀석의 숨이 끊어질 때까지 펀치를 내리쬈었다. 애초에 이 전투의 목적이 딱정벌레의 숨통을 끊는 것이었던 만큼 동원은 움직임이나 소리에 전혀 미동도 하지 않았다.

이놈이 죽지 않으면 내가 죽어. 동원은 그렇게 생각했다. 그러니 공격 하나하나가 의미 있는 행동이자, 살아 있는 증거로서 머릿속에 박혔다.

너클이 내려찍힐 때마다 허공으로 체액이 튀었다. 일반인 같았으면 진작 헛구역질이나 역겨움을 달래지 못하고 토악질을 했겠지만, 동원은 무표정하게 계속 복부를 가격했다.

그렇게 가격하기를 십여 차례.

동원의 공격에 꿈틀대던 딱정벌레도 거의 걸레짝이 되다시피 할 정도로 복부와 그 속의 내장기관들이 터져 나가자 더 이상 버티지 못하고 숨이 끊어지고야 말았다.

"⋯⋯."

동원이 말없이 담배를 입에 물었다.

스피어 안에 있을 때만 해도 토끼를 잡고 도마뱀을 잡고 지렁이를 잡았지만 살상 행위를 했다는 생각은 들지 않았다. 적어도 그곳은 스피어라는 가상의 공간 속에 있다고 생각했으니까.

하지만 지금 자신이 딛고 있는 이 땅은 스피어가 아니었다. 현실, 대한민국, 자신이 살아 숨 쉬고 있는, 애국가를 국가로 쓰고 태극기를 국기로 쓰는 바로 그 나라였다.

"후우."

담배의 뒷맛이 무척이나 씁쓸하게 느껴졌다. 이제 앞으로 이런 정체불명의 것들이 점점 모습을 드러내게 될 것이다.

비단 이것이 곤충에서만 끝이 날까? 동원은 아니라고 생각했다. 안개 속에 있는 것들이 죽는 것이 아니라 변이하는 것이라면… 식물이나 동물, 그 안에 갇힌 사람이라고 해서 운명이 다를 것 같지는 않았다.

그렇게 생각하니 죽은 것이라 생각했던 이대수 기자의 행방 역시 궁금해졌다.

스르르르륵.

숨이 끊어지는 순간 부패가 시작된 딱정벌레의 몸이 아이스크림이 녹듯 빠르게 녹아들고 있었다.

"저건……?"

그때, 사라지고 있는 딱정벌레의 사체 위로 동원의 시선을 잡아끄는 것이 있었다.

스피어였다.

퀘스트를 수행할 때, 튜토리얼에서의 토끼와 본 퀘스트에서의 도마뱀, 지렁이를 죽였을 때 나왔던 그 스피어였다.

크기가 작은 것으로 봐서는 0.5 스피어 정도의 값어치가 될 것 같아 보였다.

"그렇다면 현실에서도 스피어를 얻을 수 있다는 이야기인데. 이 녀석들을 잡으면 스피어를 준다……."

동원이 우선 사체 위에 놓여 있는 스피어를 주워 속주머니 속에 넣고 지퍼를 닫았다. 스피어가 얼마나 중요한지는 안에서 써봤기 때문에 잘 알고 있었다.

이런 식이라면 포탈 근처에서 방금 전에 싸웠던 변이된 딱정벌레와 같은 놈들이 나타났을 가능성이 컸다. 이미 사당역 앞에서도 교전이 있었고, 동원도 딱정벌레를 상대했다.

변이된 개체의 사체에서 스피어가 드랍된다는 사실을 아는 사람이 얼마나 있을까?

동원은 아직까지는 그 수가 적을 것이라 생각했다.

튜토리얼과 첫 번째 퀘스트를 완료하고 나온 뒤 포탈 근처로 와보지 않았다면 그 사실을 알 리 없으니까. 동원은 혹시나 이어서 안개 속에서 또 다른 괴생명체가 나오지 않을까 주시했지만, 별다른 변화는 없었다.

선택을 해야 했다.

딱정벌레의 사체에서 스피어가 확인된 순간부터 이제 이런 변이된 개체의 존재는 동원에게 전혀 다른 의미로 다가왔다.

남들보다 더 빠르게, 더 강하게 변화할 수 있는 계기인 것이다. 스피어 한 개로 능력치를 올릴 수도 있고, 기술을 업그레이드할 수도 있으며, 필요한 물품을 구입하거나 화폐로 교환할 수도 있다.

"일단은 움직이는 게 좋겠군."

동원이 발걸음을 옮겼다.

이번만큼은 철저하게 감에 의존한 판단이었지만, 포탈에서 다수의 괴생명체가 나타났다는 보도가 없는 것으로 봐서는 하나 정도만 모습을 드러내는 모양이었다.

그렇다면 최대한 많은 수의 포탈을 찾아다니며 근처에 살아 있거나, 혹은 이미 죽임을 당해 스피어를 드랍했을 변이체들의 사체를 찾을 필요가 있었다.

"오늘은 좀 버텨보자. 아! 아!"

동원이 양쪽 뺨을 세게 후려쳤다.

날이 밝으면 잠을 자는 것이 일상이었기는 했지만, 스피어 안에서의 경험이 피로로 누적이 됐는지 몸이 더욱 무거웠다.

하지만 여기서 참지 못하고 자게 되면 그 시간만큼 아무것도 하지 않게 되고, 이것은 고스란히 손해로 다가온다.

강해질수록 생존할 가능성이 크게 높아지는 스피어 속의 세상이다. 잠과 목숨을 맞바꾸는 것만큼 어리석은 일도 없지 않겠는가.

* * *

동원은 우선 동네를 빠져나와 스마트폰을 이용해 부지런

히 초 단위로 올라오는 수많은 SNS를 살폈다.

동원의 모든 관심은 포탈에 관련된 내용에 집중되어 있었다. 다른 것은 필요 없었다.

현대 문명의 장점은 다양한 정보들을 실시간으로 얻을 수 있다는 것이다. 버스에 몸을 실은 동원은 SNS에 올라오는 내용들 중, 자신이 살고 있는 지역 내에서 올라오는 지역 SNS에 주목했다.

스피어 0.5개를 수집하겠다고 경기도에서 부산이나 강원도 등지로 가는 것은 어리석은 일이다. 도착했을 때 이미 눈치를 채고 수집에 들어간 다른 스피어 경험자들이 있다면 그야말로 새 되는 것이다.

포탈의 존재 자체는 동원을 포함한 모든 사람에게 큰 불행이었지만, 많으면 많을수록 강해질 요소들이 늘어나니 역설적으로 행운이기도 했다.

동원은 이 심각한 상황 중에서도 강해질 기회가 생겼다는 사실에 가슴이 두근거리고 있는 자신에게 이질적인 감정을 느꼈다. 이게 원래 나의 본모습이었던 걸까.

끊임없이 힘을 추구하고 남들보다 더 빠르게 앞서나가고 싶다는 생각.

주점에서 아르바이트를 하며, 미래에 대한 야심이나 꿈을 지워 버리고 살아온 평범한 삶이라 생각했기에 더더욱 자신이 아닌 것처럼 느껴졌다.

하지만 그래도 자신에게 우선순위는 힘이었다.

즐거운 경험이나 해보라고 스피어가 링크된 것은 아닐 것이다. 포탈 속에서 나올 변이체들이나 혹은 알 수 없는 정체불명의 무언가와 대적하기 위해 스피어 속에서 경험을 쌓을 기회를 준 것이 틀림없었다.

시온이 말해준 것도, 누군가가 알려준 것도 아니었지만 동원은 그 부분에 대해서 만큼은 확신할 수 있었다.

"다른 누군가와 동선이 겹치지 않길 바라야겠지."

동원이 캡쳐한 몇 개의 화면들을 보며 중얼거렸다.

포탈의 개수는 생각보다 많았다. 올라온 SNS의 내용을 보니 도심 한가운데에 생긴 것도 있었고 넓은 공터나 산속에 생긴 것들도 있었다.

동원은 전자보다는 후자에 관심을 두었고, 그에 알맞게 이동 중이었다. 이왕이면 보는 눈이 적은 것이 좋다. 그래야 게임하는 사람들의 표현을 빌어, 소위 꿀을 빠는 것이 가능해질 테니까.

*   *   *

"야, 그거 봤어? 서울역 포탈."

"서울역이 아니라 지금 전국에 수백수천 개가 넘어가는 것 같던데. 장난 아니야, 도대체 어떻게 해야 되는 거야?"

"우리 이거 부산에 놀러가도 되는 건가? 갔다가 무슨 일 생기는 거 아냐?"

"야, 경찰이랑 군인들이 폼으로 있냐. 일단은 뭐라도 하겠지. 그렇다고 집에서 폐인처럼 숨어 있을 수는 없잖아. 별일 있겠어?"

버스 안의 사람들은 온통 포탈과 안개에 대한 이야기를 하고 있었다.

새벽녘의 버스라 그런지 시끄럽게 대화를 나누고 있는 두 명의 대학생을 제외하고는 이른 아침부터 하루를 준비하는 노인 몇 분이 전부였다.

동원의 머릿속은 온통 궁금한 것들로 가득했다.

스피어와 링크된 사람들은 얼마나 될 것이며, 대한민국뿐만이 아니라 전 세계의 사람들이 같은 현상을 겪고 있는 것인지.

안개 하나만으로 변이된 개체를 만들 수 있는 존재들은 과연 누구인지. 왜 어느 날 갑자기 포탈과 안개를 지구에 만들었는지… 온통 의문투성이였다.

꼬리에 꼬리를 무는 의문만이 계속됐기 때문에 동원은 다시 생각을 간단하게 정리했다.

차차 알게 될 일이다. 궁금한 것이 있으면 스피어에 돌아가는 대로 시온에게 물어보면, 안내 가능한 정보들에 대해서는 그녀가 말해줄 것이다.

현실에서의 시간은 동원뿐만이 아니라, 모든 사람에게 똑같이 흘러가고 있다. 그렇다면 남들보다 더 빠르게 움직이는 것이 도움이 된다.

지금 같은 상황에서 내가 모든 사람을 구하겠느니, 우리 동네는 내가 지킨다느니 같은 생각은 단 한 톨의 쓸모도 없는 헛생각이었다.

얼마 뒤.

목적지에 도착한 동원이 버스에서 내렸다.

새벽 5시 15분.

날이 밝으려면 아직 두 시간은 족히 남았다.

동원은 최대한 많은 포탈을 둘러볼 생각이었다.

스피어로 다시 입장하기 위한 대기 시간은 정오가 지나야 끝이 나는 만큼, 그 전까지는 일분일초도 낭비할 수 없었다.

*　　　　*　　　　*

"이게 뭔 일이야, 도대체! 내가 살다 살다 이런 걸 다 잡아보다니!"

첫 번째 포인트로 향하던 동원은 새벽부터 거리로 나와
청소 작업으로 고생 중이던 환경 미화원 두 분이 무언가를
보며 소리치는 것을 듣고 한달음에 달려갔다.

현장에 도착하니 두 사람에게 찢어진 종이처럼 형체도
없이 터져 버린 개미의 사체가 보였다. 말이 좋아서 개미
지, 이건 크기가 동원이 상대했던 딱정벌레보다도 더 큰 녀
석이었다.

상대적으로 작은 머리와 가슴에 비해 비정상적으로 자라
있는 배는 보는 것만으로도 혐오감을 들게 하기에 충분했
다. 게다가 몸의 색깔 역시 일반적인 개미의 색깔인 검은색
이 아니라 청록색에 가까웠다.

변이된 개미가 확실했다. 포탈이 근처에 있었으니, 아마
길을 따라 내려온 것일 터다.

"괜찮으십니까?"

"아이고, 도대체 이게 무슨 일이냔 말이야! 지금 내가 꿈
을 꾸고 있는 건가?"

중년의 두 미화원은 자신들이 개미를 잡아 놓고도 이 상
황을 그대로 믿지 못하고 있었다. 너무나도 당연한 반응이
다.

동원은 집에 돌아가면 집안의 어엿한 가장일 두 사람이

무사하다는 사실이 다행이란 생각이 들었다. 동시에 개미의 사체 위로 보이는 스피어에 자연스럽게 눈이 갔다.

사체는 빠르게 녹아 액체로 변하고 있었지만, 스피어는 딱딱한 구슬처럼 원래의 모양을 유지하고 있었다. 크기는 딱정벌레를 잡았을 때와 같으니 이 역시 0.5 스피어일 가능성이 높아 보였다.

"무사하시니 다행입니다. 저건 어떻게 할까요?"

동원이 슬쩍 떠보았다. 지금 자신의 머리 위에 있는 스피어는 두 사람에게는 보이지 않는다. 그렇다면 개미의 사체 위에 있는 저 작은 스피어도 보이지 않는 걸까?

"뭘 어떻게 해! 벌써 저렇게 녹아버리고 있구만. 이따가요 근처에서 물이라도 떠와서 물청소나 해놓고 가야지. 어이쿠, 말세로다 말세야… 청년도 괜히 여기 있지 말고 어여 들어가 봐! 경찰에 신고나 해야겠구만."

가로등 불빛 아래로 반짝이고 있는 작은 스피어에 두 사람은 관심조차 보이지 않고 있었다. 즉, 보이지 않는 것이다.

동원은 조심스럽게 가까이 다가가서는 살점과 체액이 뒤섞여 물컹거리는 사체 위에서 스피어를 주웠다. 그리고 다시 안주머니에 넣고 지퍼를 잠궜다.

"아저씨!"

"음? 왜 그래, 청년?"

"혹시 이 개미 같은 건… 저쪽에서 기어온 겁니까?"

"그렇다니까. 무서워 죽겠어. 저런 게 지옥이지 뭐겠어. 아이고, 정말 미치겠구만……."

동원의 물음에 미화원이 고개를 끄덕였다. 그렇다면 저 포탈에선 이미 나올 녀석이 나온 것이다.

동원은 바로 스마트폰을 열고 다음 목적지로 향하기 위한 노선을 검색했다. 오늘은 이래저래 돈이 무척이나 깨질 것 같았다.

이곳은 바로 앞이기 때문에 버스를 탔지만 이제부터는 택시를 타고 다닐 생각이었다. 기본료가 3천 원부터 시작하니 한 번 타는 순간 시급의 절반이 날아가는 것이나 다름이 없었지만 지금 동원이 입수한 스피어의 가치가 벌써 1이었다. 스피어 내에서 100만 원으로 교환할 수 있는 수치인 것이다.

지금의 동원에게 중요한 것은 검소한 삶이 아니었다. 바로 시간과의 싸움이었다.

그나마 며칠 전에 월급을 받은 것이 신의 한 수라면 한 수였다. 집세를 내는 월말까지는 일주일의 여유가 있으니, 필요한 만큼 쓰고 스피어를 이용해 사용한 돈을 보충할 생각이었다.

"택시!"

아직 꼭두새벽이지만, 버스와 택시기사 분들에게는 가장 분주한 시간.

동원은 바로 택시를 잡고는 다음 목적지로 향했다.

그로부터 5분 후.

"저기, 아저씨."

"아가씨, 지금 이렇게 쏘다닐 때가 아니야! 어서 집에 안 들어가고 뭘 하고 있어!"

물청소를 막 시작하려던 미화원은 트레이닝복 상하의에 패딩을 걸친 채로 개미의 사체 주변을 서성이고 있던 여자를 보고는 걱정스레 말을 이었다.

"들어가려고요. 근데 혹시 방금 전에 이 근처로 지나간 사람이 있나요?"

"있지. 방금 아가씨랑 나이 비슷해 보이는 청년 하나가 지나갔지."

"바로 갔어요? 아니면 조금 있다가?"

"잠깐 서 있다가 가는 것 같던데? 아가씨, 무슨 일이야?"

"아, 아무것도 아니에요. 고생하세요."

미화원의 물음에 여자는 고개를 젓고는 살짝 벌어진 패딩의 지퍼를 여미며 어디론가 향했다.

"이봐, 아가씨! 그쪽은 이상한 구멍 같은 게 있는 곳이야.
가지 말어!"

"괜찮아요. 그럼."

어느새 멀찍이 걸어간 여자는 빠르게 어둠 속으로 사라
졌다.

제8장
스피어 수집

동원은 부지런히 움직이며 파악된 포탈을 찾아다녔다.

대부분의 포탈 근처에서 크고 작은 교전이 있었다. 다만 모습을 드러낸 변이 개체들이 대부분 곤충들이었고, 그렇다 보니 일반인들도 어렵지 않게 놈들을 제압할 수 있었던 것 같았다.

그중에는 변이된 벌레에게 물려 응급실로 실려 간 사람도 있었다.

동원은 현장에 구경을 나온 사람들의 틈 속에서 스피어를 조용히 챙겼다. 사람들은 벌레의 사체에서 무언가를 만

지작거리는 동원에게 시선을 두기도 했지만, 얼마 지나지 않아 바로 현장을 떠났기 때문에 금방 잊어버렸다.

잠은 이동하는 택시 안에서 청하는 쪽잠으로 대신했다. 그 이상의 잠은 사치처럼 느껴졌다.

타는 택시들마다 온통 서울역 포탈에 대한 속보를 틀어 놓은 탓에 동원은 거의 내용을 외우다시피 하고 있었다.

이미 서울 스퀘어 앞에는 무장한 군인들이 주변에 넉넉하게 통제선을 치고 차량 및 시민들의 출입을 완전 통제하고 있었다.

때문에 서울역 앞의 교통 상황은 말이 아니었다. 하지만 언제 포탈에서 또 다른 괴생명체가 튀어나올지 모르는 만큼 시민들은 불편을 감수하는 모습이었다.

[ㅁㅁ:ㅋㅋ:11] [닉ㅁ:ㅋㅋ:11]

일곱 시간이 넘는 시간이 흘렀다.

어느덧 대기 시간은 어느덧 30분대로 접어들고 있었다.

동원은 데드라인인 절대 시간에는 관심이 없었다.

대기 시간이 마감되는 대로 바로 들어가 다음 퀘스트를 수행할 생각이었다.

이미 각종 인터넷 포털 사이트에는 스피어라는 이름으로 개설된 카페나 홈페이지가 우후죽순처럼 생겨나고 있었고, 그 경험담을 적은 내용들이 앞을 다투어 올라오고 있었다.

그러던 와중에 알게 된 것은 튜토리얼과 볼라키스 산에서의 퀘스트는 모두 내용이 같았다는 점이었다. 다들 토끼 같지 않은 토끼를 자신들만의 방법으로 상대했고, 산을 오를 때도 마찬가지였다고 했다.

그들이 선택한 무기를 보면 단검도 있었고 활도 있었다. 활용도를 잘 아는 사람이 없어서 그런지 의외로 너클을 선택한 경우가 없었다.

동원은 튜토리얼 단계에서 이루어진 특질 파악과 무기 선택 등이 이후 퀘스트의 수행에 영향을 미칠 것이라 생각했다.

계속해서 모두가 동일한 퀘스트를 수행할까? 동원은 아닐 가능성이 높다고 여겼다. 튜토리얼에서의 특질 파악이 향후 퀘스트의 방향을 결정해 줄 것 같다는 생각이 들었던 것이다.

"후우, 이제 열여덟 개인가?"

동원의 속주머니에는 0.5 스피어의 값어치에 해당하는 스피어가 18개 들어 있었다. 스피어로 환산하면 9 스피어다. 전부 엄지손톱 정도 되는 크기였기 때문에 보관하는 데는 무리가 없었다.

이미 사용한 택시비만 10만 원에 가까웠다.

27년 동안 살아오면서 쓴 택시비를 훌쩍 뛰어넘는 돈이었다. 하지만 성과는 확실했다. 다수의 스피어를 손에 넣었기 때문이다.

아직까진 동원과 동선이 겹치는 다른 수집자들은 없었다. 덕분에 현장을 돌아다니며 이미 처리된 변이체들의 사체에서 스피어를 수집하거나 직접 상대하여 스피어를 얻었다.

목숨을 위협할 정도로 강력하거나, 치명적인 공격 방식을 가지고 있는 녀석들이 아니었기 때문에 상대할 만했다.

"이번에는 긴장을 좀 해야겠는데. 후우. 후우우."

동원이 미리 확보해 놓은 다음 목적지의 지도와 현장의 사진을 보며, 동시에 아침의 차가운 칼바람에 꽁꽁 얼어버린 손을 호호 불며 녹였다.

이번 목적지는 산이었다.

새벽이었다면 가기가 좀 망설여졌겠지만 이제 정오에 가까운 시간이라 날은 충분히 밝아 있었다.

아침에 산을 올랐다가 내려오던 등산객이 산중턱의 동굴 근처에서 포탈 하나를 발견했다며 사진을 올렸는데, 크기가 서울 스퀘어의 것보다는 작았지만 동원이 집 근처에서 보았던 것보다는 컸다.

동원이 지금 계속 돌아다니며 수집한 스피어들이 있던 포탈은 대부분 6m에서 10m 사이의 것들이었다. 이번 것은 15m 정도 되는 것 같다는 사진 촬영자의 말이 있었으니, 어쩌면 그 안에서 모습을 드러낼 변이체의 크기도 다를지 모른다.

실제로도 그랬다.

동원이 집 근처의 6m 포탈에서 마주쳤던 것은 손 한 뼘 정도 크기의 딱정벌레였지만, 미화원들이 때려잡았던 개미는 그것보다 좀 더 컸다. 근처에 있었던 포탈의 높이 역시 1m 정도 더 높았다.

뚜둑. 뚜둑.

동원이 손가락을 풀며 다시 주머니에서 꺼낸 너클을 양 손가락에 끼웠다.

너클에 묻은 전투의 흔적들까지 닦아낼 시간이 없었기에 동원의 너클에는 어디서 묻었는지도 모를 살점과 체액이 뒤섞인 것들이 묻어 있었다.

역한 냄새가 나는 것이 유쾌하지는 않지만, 그렇다고 너클이나 씻고 있을 새도 없었다.

동원은 부지런히 산을 올랐다.

워낙에 전국적으로 수많은 포탈이 나타난 탓에 생각과는 달리 몇몇 포탈은 존재 유무 자체도 모르는 사람들이 많았다.

서울역이나 해운대, 혹은 S대처럼 대학가나 역세권 또는 주요 관광명소 근처에 생긴 포탈들은 즉각적으로 많은 사람들에게 알려졌지만, 이 산처럼 잘 알려지지 않은 포탈도 꽤 됐다.

산을 오르며 동원은 몇몇 등산객들과 마주쳤지만, 아예 뉴스 자체를 안 보고 아침부터 산을 올랐는지 포탈에 대한 이야기를 꺼내지 않는 사람들도 많았다.

"하… 다음 퀘스트가 끝나면 정말 쓰러질지도 모르겠네. 쪽잠이라도 자둔 게 천만다행이군."

동원이 뻑뻑해진 두 눈을 깜빡거렸다.

택시를 타고 이동하는 동안 5분이고, 10분이고 자뒀던 게 그나마 버틸 힘이 되고 있었다.

토요일과 일요일, 월요일 저녁까지는 아르바이트를 나가지 않으니 쉴 수 있는 시간은 충분했다.

등산로를 따라 산을 타던 동원은 완만하게 돌아가는 우회로가 나오자 등산로를 빠져나와 지름길로 쓸 만한 비탈길을 따라 더욱 빠르게 오르기 시작했다.

남은 시간은 29분. 어지간하면 이번 포탈에서까지 결과물을 얻고 스피어 안으로 들어갔으면 싶었다. 스피어는 한

개라도 많을수록 좋으니까.

─현재 전국 각지의 포탈에서 괴생명체가 발견되어 정부가 조사에 들어갔습니다. 괴생명체의 대부분은 일반적으로 알고 있는 곤충들의 몸 크기가 커지거나 몸의 특정 부위가 대형화된 형태로 출몰하고 있습니다. 가급적이면 포탈과 안개 근처에 접근하지 마시길 바라며, 괴생명체를 발견 시 인근 경찰서에 신고해 주시면 신속한 처리가 이루어질 것입니다.

오르는 길에 잠시 틀어본 DMB 에서는 변이체들이 대한 이야기가 나오고 있다.

동원은 최대한 시청자들이 동요하지 않도록 표정 관리를 하는 것이겠지만, 무표정한 얼굴로 담담하게 보도를 하는 앵커의 모습이 새삼 대단하게 느껴졌다.

해당 방송사인 GBS 사옥 앞에도 포탈이 하나 생겼다고 했다. 크기가 크지는 않지만 주차장 한가운데에 생겼다고 하니 여간 신경 쓰이는 게 아닐 터다.

앞으로 이 포탈들이 사라지기 전까지 얼마나 많은 소식들을 듣게 될까?

짐작조차 되지 않았다.

동원이 목적지에 도착한 것은 그로부터 5분이 지난 뒤

였다.

확인했던 제보대로 포탈이 보였다.

위치가 특이했다. 동굴 앞이었던 것이다.

주변이 높이 자란 나무들로 둘러싸여 있고 등산로에서 떨어진 외딴 위치에 있어 포탈을 쉽게 발견하기 힘들었을 것 같은 장소였다.

10m의 포탈이 위용을 뽐내고 있었다.

동원은 클래식 가드 자세를 취하고는 조심스럽게 주변을 살폈다. 한데 그때, 생각지도 않았던 소리가 반대편 쪽 산 길에서 들려오기 시작했다.

"인마, 거기서 멧돼지를 잡아가지고 스피어를 더 땄어야 지! 살자고 도망을 치냐?"

"형, 그래서 형은 멧돼지 땄냐고?"

"아니, 나는 인마… 애초에 멧돼지한테 관심이 없었다니 까. 봤으면 바로 땄지."

"말은 누가 못 해. 피차 못 잡았는데 괜히 허풍떨지 말자! 입으로는 내가 신이고, 내가 대통령이야."

"어……?"

티격태격하는 두 남자의 목소리.

"……"

동원은 수풀을 헤집고 나오는 그들과 시선이 마주쳤다.

하나가 아닌 둘, 그것도 얼굴을 판박이로 쏙 빼닮은 쌍둥이 형제였다.

"저기… 안녕하세요?"

쌍둥이 형제 중, 왼쪽에 있는 남자가 인사를 건넸다. 자세히 보니 옆에 있는 남자와 다른 것이 하나 있었다. 헤어스타일이었다.

왼쪽의 남자는 한겨울임에도 불구하고 특색 없이 스포츠 형태로 짧게 자른 헤어스타일이었고, 오른쪽의 남자는 적당히 기른 머리를 투블럭 컷을 통해 스타일리쉬함을 더한 헤어스타일이었다.

"안녕하세요."

남자의 인사에 동원이 답을 건넸다.

이미 그들의 대화에서 동원은 두 사람이 스피어와 관계된 사람이라는 것을 알 수 있었다. 그들도 자신처럼 스피어를 회수하기 위해 포탈을 찾아다니고 있었던 모양이었다.

"저거 때문에 오신 거죠……?"

남자가 포탈을 가리켰다.

동원은 대답 없이 고개만 끄덕였다.

가볍게 인사만 나누는 것 같아 보이지만, 양쪽은 서로에게 시선을 고정시킨 채 경계하고 있었다.

"형, 어차피 이제 다른 데로 가기엔 시간도 모자라. 여기서 끝이 날 것 같은데?"

투블럭컷 남자가 스포츠머리의 남자를 형이라 불렀다. 좀 더 스타일리쉬한 쪽이 동생인 것이다.

동원은 여러 가지 상황을 생각했다.

아직 이 포탈 근처에서는 변이체가 모습을 드러내지 않은 것 같다. 그렇다면 곧 전투가 있을 가능성이 높았고, 변이체가 드랍하게 될 스피어를 놓고 경쟁할 가능성이 있다.

저들은 둘이고 자신은 하나였다.

동원은 너클을 끼고 있었지만, 두 사람은 아무런 무장도 되어 있지 않았다. 하지만 체대 출신의 형제인지 하체부터 해서 상체까지 어느 곳 하나 근육이 붙어 있지 않은 곳이 없었다.

떡 벌어진 어깨는 보는 것만으로도 위압감을 주기에는 충분했다.

"저기, 남은 시간이 한 22분 정도 되시죠? 저희도 그쯤 남았거든요. 아참, 궁금하시진 않겠지만 제 이름은 황찬성입니다. 이쪽은 제 동생 황찬열이구요. 노파심에 말씀드리는데 여기서까지 싸우고 싶진 않습니다."

"강동원입니다."

동원이 짤막하게 통성명을 끝냈다.

적의가 없어 보이는 두 사람.

어찌 보면 스피어 유경험자들끼리 만난 이 상황에 반가워할 법도 하지만, 동원이나 두 형제나 표정이 굳어 있긴 매한가지였다.

스피어에서의 시간이 끝나 밖으로 나왔다고 하더라도 편안하게 쉴 수 없었기 때문이다. 현실은 시시각각으로 수많은 속보와 부상, 사상자들의 소식들이 전해지는 혼란스러운 시기로 접어들고 있었다.

오히려 스피어 안이 도피처였다. 적어도 그 안에서는 현실의 시간도 멈추고 살아남는 것만 걱정하면 됐으니까.

물론 그 살아남는 것이 앞으로 점점 더 어려워질 것 같아 보이기는 했다.

"좀 모으셨어요?"

황찬성이 묻는다. 주어가 생략됐지만, 그것이 무엇인지는 안다.

"이제 막 시작했습니다."

"하아. 저희도 뒤늦게 알고 시작해서. 빌어먹을."

황찬성이 아쉬운 듯 한숨을 내쉬었다.

동원이 사실을 밝히지 않은 것은 굳이 솔직해야 할 필요가 없었을뿐더러, 그들에 대한 경계 때문이기도 했다.

스피어 내에서 몬스터들을 잡았을 때 획득한 스피어가

현실에서도 회수 가능한 것이라면, 다른 사람이 가지고 있는 스피어를 빼앗는 것도 불가능한 일은 아니다.

적어도 스피어 경험자들에게는 변이체의 사체에서 나오는 스피어가 보이기 때문이다.

동원이 꽤 많은 개수의 스피어를 가지고 있다는 것을 알게 된다면, 견물생심이라고 저들이 다른 생각을 할지도 모를 일이었다.

'그러고 보니 다른 사람의 스피어는 보이지 않는 건가.'

황찬성, 황찬열 형제와 대화를 나누면서 유심히 그들의 주변을 살폈던 동원은 분명 두 사람에게도 존재하고 있을 스피어가 보이지 않는다는 사실을 알아차렸다.

동원이 세웠던 몇 가지 가설 중 하나는 틀렸다.

스피어 경험자들은 서로의 스피어를 볼 수 있고, 무경험자들만이 경험자의 스피어를 볼 수 없다고 생각했던 가설이었다.

아무리 멀리 떨어지게 하려고 해도 스피어는 일정 범위 이상을 벗어나지는 않았다. 그런 점으로 미루어볼 때, 두 사람의 스피어가 자신에게 보이지 않는 것은 확실했다.

"저 역시 뒤늦게 출발했어요. 이런 식으로 스피어를 얻을 수 있다는 것을 나중에 알았거든요. 이럴 줄 알았으면 좀 더 빨리 나왔을 텐데요."

"그러게 말입니다. 저희는 재수가 없어서, 가는 곳마다 선점을 한 인간들이 있었어요. 그런데 이번에도 이렇게 마주치게 됐으니… 하하, 이미 돌아가기도 늦었고."

"……."

어색한 적막이 흐른다.

스피어가 얼마나 중요한 것인지는 동원도 알고 저 두 사람도 알고 있을 터다.

스킬 하나를 개방할 수도 있고 능력치를 올릴 수도 있으며, 필요한 무기를 구입할 수도 있고 현실에서 100만 원 이상의 가치를 지닌 골드바와 바꿀 수도 있다.

욕심이 나지 않을 수 없는 것이다.

동원의 머릿속에 몇 가지 제안 거리가 떠오르긴 했지만, 먼저 말문을 열지는 않았다. 적어도 지금은 수적으로도 저들이 유리하다.

지금과 같은 상황에서 내가 먼저 왔으니 당신들은 돌아가소, 같은 주장은 씨알맹이도 먹히지 않을 말이다.

"이렇게 하시죠? 만약에 여기서 괴생물체를 보게 되면 함께 녀석을 사냥하고, 나오는 스피어가 2개 이상이면 반반으로 분배하는 것으로요. 한 개이거나 홀수면 남는 하나를 더 양보해 드리죠. 어떻습니까? 어쨌든 먼저 오셨으니까요."

"형! 그게 무슨 소리야?"

"멍청한 놈아, 먼저 오셨잖아."

"그딴 게 어딨어? 그냥 우리 둘이서도 충분히 잡아."

"너 지금 동원 씨가 다 듣고 있는 거 알면서 그렇게 크게 말하는 거냐?"

"아이, 씨발… 스피어 한 개가 얼마나 중요한데 그렇게 쉽게 양보를 하냐고요, 황찬성 선비님아."

최대한 정중하고 부드럽게 동원에게 제안을 하고 있는 황찬성과 달리, 황찬열은 그런 형의 제안이 영 못마땅한 눈치였다.

동원도 황찬열의 마음이 이해가 안 되는 것은 아니었다.

앞으로 이렇게 스피어에 불을 켜고 포탈 주변을 누비고 다닐 사람들이 기하급수적으로 불어날 것이다. 지금 이런 자잘한 다툼의 현장은 시작에 불과했다.

"동원 씨, 제 동생이 정신 나간 놈이니 양해 부탁드립니다. 어떻습니까? 저희들에게 불리하면 불리했지 나쁠 건 없다고 생각하는데요. 일단 분명 이 주변에 있을 그놈부터 찾아야겠지만요."

"그렇게 하죠."

동원이 동의 의사를 밝혔다.

황찬성의 말대로 불리할 것 없는 제안이었다. 세 개가 나오면 동원이 두 개를 갖고, 한 개가 나오면 하나를 갖는다.
짝수의 개수로 나올 때만 오십 대 오십의 비율로 나눈다.

너무 날 배려해 준 배분인데. 동원은 그렇게 생각했다.

한편으론 피차 서로에게 시간이 부족한 만큼, 엄한 데서
힘 빼고 싶지 않았던 동원에게는 그런 황찬성의 제안이 고
마웠다.

그렇다면… 밥값을 확실하게 해주는 것이 두 사람에게도
도움이 될 것이다. 어떤 놈과 마주할지는 모르겠지만.

"거긴 뭡니까? 쓰는 물건이?"

그새 토라졌는지, 황찬열은 형이 아닌 애꿎은 동원에게
툴툴거리듯 말을 건넸다.

그러자 동원이 입가에 살짝 미소를 담은 채, 양손을 내밀
어 보였다.

"너클이네. 평범하진 않으시네요?"

황찬열이 피식 웃는다. 썩 호의적인 웃음은 아니다.

"그쪽은……."

키에에에에에엑!

동원이 두 사람의 무기를 물어보려고 하던 시점에 동굴
안에서 고막이 찢어질 것 같을 정도로 큰 괴성이 들려왔다.

동원은 대화를 위해 잠시 풀었던 가드 자세를 취하며 살
짝 뒤로 물러섰다.

"아따, 목소리 한 번 우렁차네."

"목소리만 들어도 꼴랑 구슬 한 개 줄 것 같지는 않은 데?"

황찬성과 황찬열이 고개를 까딱거리며 동굴 안쪽을 응시했다.

얼핏 보니 두 사람은 별도로 끼고 있거나 들고 있는 무기가 없었다. 맨손? 아니면 아직 무기를 숨기고 있는 건가? 동원은 두 사람과 동굴 내부를 계속해서 교차로 응시하며 상황을 살폈다.

사삭. 사사삭. 사삭.

어두운 동굴 안에서 검은 형체의 무언가가 서서히 밖으로 걸어 나오고 있었다.

먼저 바깥으로 모습을 드러낸 것은 길게 뻗어져 나온 네 개의 다리였다. 동시에 작은 머리, 아니 머리가슴이 나타났다. 거미였다.

"하, 내가 거미를 얼마나 싫어하는데……."

황찬열의 탄성이 터져 나왔다.

"미친 새끼야, 지금 여기서 취향 가릴 때냐?"

황찬성이 동생을 꾸짖었다. 하지만 황찬열은 형의 말에도 불구하고 몸을 부르르 떨며 오만상을 짓고 있었다.

캬아아아악!

드디어 거미가 모습 전체를 드러냈다.

집 근처에서 볼 법한 작은 집거미가 아니라, 다리가 길쭉
길쭉하게 자란 변이체 거미였다. 크기는 언뜻 보기에도 1m
를 훌쩍 넘길 것 같았다.

"저희가 다리 쪽을 맡죠. 정면 가능하십니까?"

"그렇게 하죠."

동원이 고개를 끄덕였다. 동원의 시선은 거미의 큰 턱에
고정되어 있었다.

거미에게서 조심할 부분은 위턱이다. 입으로 먹잇감을
씹는 것이 아니라, 이빨의 역할을 하는 위턱으로 먹잇감을
찌른 다음 소화액을 통해 녹여서 빨아 먹기 때문이다.

거미를 보면 대부분 다리에 많은 시선을 빼앗기게 되지
만 정작 다리는 보조적인 역할에 가까워 중요하지 않았다.
다리를 이용해 먹이를 절단하거나 찌르는 것도 아니기에.

거미줄은 배의 뒤쪽에 있는 방적 돌기를 통해서 나오기
때문에 스파이더맨처럼 몸 앞에서 거미줄이 나오는 일은
없었다.

동원이 신경 써야 할 것은 바로 위턱이었다. 저기에 찔리
게 되면 그 동시에 소화액이 스며들어 올 것이고, 얼마 지
나지 않아 녀석의 거미줄 재료가 될 단백질원이 될 테니까.

"찬열아, 내가 왼쪽이다!"

"다리 꺾는다!"

키엑! 키에엑!

순식간에 두 형제가 양옆으로 퍼져 나가자, 거미가 양쪽으로 몸을 흔들며 위압적인 소리를 냈다.

동원은 그사이 재빠르게 거미의 더듬이다리 사이를 파고들어 녀석의 배와는 대조적으로 아주 작은 머리가슴 앞에 다가섰다.

여덟 개의 홑눈이 보인다. 보고 있는 것만으로도 인상이 찌푸려질 법한 이미지다. 하지만 딱정벌레 이후 다양한 형태의 곤충을 잡으면서 면역이 된 덕분일까? 이내 굳었던 표정도 다시 풀어졌다.

"합!"

푸억!

기합과 함께 힘이 실린 동원의 라이트 펀치가 녀석의 입가를 시원하게 후려 갈겼다. 너클의 끝에 찢겨져 나온 살점들이 돌아간 고개를 따라 흩뿌려졌다.

빠각! 뚜각!

그러는 사이, 거미의 앞쪽 다리를 잡은 두 형제가 그대로 관절을 반대 방향으로 비틀며 꺾었다.

언뜻 보기엔 대충 잡히는 대로 잡고 비튼 것 같았는데 거미의 두툼한 다리가 그대로 뒤로 꺾였다.

키에에에엑!

거미의 비명 소리가 터져 나왔다.

동시에 입가에서 정체불명의 액체들이 터져 나오며 더욱 사납게 동원을 향해 머리를 비틀어대기 시작했다. 배와 아래쪽 다리 부분이 격렬하게 움직였다. 항문 쪽을 자꾸 앞쪽으로 틀려고 하는 것으로 봐서는 거미줄을 뽑아내려는 심산인 듯싶었다.

화아아아악!

그때, 거미의 더듬이다리가 움직였다. 일반 거미였으면 달리 위협적이지 않았겠지만, 몸집이 꽤 되는 녀석의 변형된 날카로운 더듬이다리는 충분히 위협적이었다.

T1 스킬을 발동시킬 수 있는 기회였다.

동원은 거미가 입가에 난 깊은 상처로 인해 제대로 입을 놀리지 못하고 있었기 때문에 다리 공격을 발동 조건으로 활용할 생각이었다.

"형! 준비됐어?"

"칼 타이밍 드롭킥이다! 동원 씨!"

찬성 형제의 목소리도 들려왔다.

드롭킥, 익숙한 이름이다. 레슬링에서 심심찮게 보는 기술의 이름. 그렇다면 저 형제들은?

후웅!

그러는 사이 거미의 더듬이다리가 동원의 머리를 노리고 날아들었다. 힘 빼기 싫으니 사람에게서 가장 약한 머리와 목을 노릴 요량인 듯싶었다.

바라던 바다.

동원의 상체를 뒤로 빼며 더듬이다리의 공격을 피했다. 대중없이 수평으로 휘갈긴 거미의 공격은 동원의 머리가 있던 자리를 힘없이 훑고 지나갔다.

그 순간, T1 기술의 사용 조건이 활성화됐다. 동원은 지체할 것 없이 무주공산이 된 거미의 아래턱을 어퍼컷으로 그대로 올려쳤다.

푸확!

너클과 T1 기술의 시너지 효과는 상당했다.

찢겨진 살점을 따라 역한 냄새는 풍기는 체액이 하늘로 비산했다.

"나이스 타이밍!"

황찬성의 목소리가 동시에 들렸다.

황찬성의 몸은 이미 충분한 도움닫기를 거친 뒤 허공에 붕 떠 있었다. 그 상태로 두 다리가 모아졌다.

"황찬성 드롭킥!"

드롭킥이었다.

시원하게 몸을 날린 황찬성의 드롭킥이 그대로 거미의

배 옆 부분에 명중했다.

퀴엑!

힘이 제대로 실린 드롭킥은 거미의 몸을 저만치 멀리 날려 보냈다.

"아, 내가 저렇게 이름까지 얘기하면서 하지 말라고 몇 번을 말했는데… 쪽팔린다고, 형!"

"뛰어, 이 새끼야!"

툴툴거리는 와중에도 황찬열은 바로 다음 자세를 이어가려는 황찬성의 생각을 읽고는 바로 바닥에 널브러진 거미를 향해 달리기 시작했다.

동생이 달리기 시작하자 황찬성이 두 손을 모아 도움닫기를 하기 좋게 허리 높이에 발판을 만들었다.

타탁!

양팔로 만든 발판을 딛고 황찬열이 매끄럽게 공중으로 몸을 띄웠다.

황찬성이 외쳤다.

"황찬열 엘보우!"

"아, 좀!"

황찬성의 낯간지러운 기술명에 신경질을 내면서도, 황찬열이 공중에서 떨어지며 그대로 팔꿈치를 접은 엘보우 드랍 자세를 이어갔다.

동원은 그사이 다시 거미를 향해 달려들고 있었다.

지금이 놈을 타격하기에 가장 좋은 최적의 시기였다.

푸와악!

"와우! 오케이!"

황찬성의 탄성이 터져 나옴과 동시에 황찬열의 엘보우 드랍이 그대로 거미의 배 등면을 수직으로 내리찍었다.

그 힘이 얼마나 강력했는지, 거미줄을 만들 단백질 덩어리들이 항문을 타고 빠져나올 정도였다.

"기분 좆같네, 진짜! 거미랑 손가락 하나도 닿기 싫다고!"

파학! 파학!

황찬열의 몸부림을 뒤로한 채, 동원이 그대로 달리던 힘을 실어 지면에 널브러져 있는 거미의 머리 윗부분을 연이어 후려쳤다.

이미 반쯤 넋이 나간 거미는 움직일 생각도 하지 못하고 그대로 동원의 공격에 너덜너덜해져 갔다. 너클이 살점을 찢을 때마다 괴성과 함께 역겨운 냄새의 체액이 얼굴을 적셨지만 동원은 신경 쓰지 않았다.

"……."

"……."

거미에게 한 방씩 먹인 황찬성과 황찬열은 아무 말없이

묵묵히 거미의 머리 위를 계속해서 내려치고 있는 동원의 모습을 보고는 침묵을 삼켰다.

너희들은 침묵하는 법을 좀 배워야겠어. 하고 말하는 것만 같다.

키엑! 키헥! 키힉. 킥. 키…….

동원의 너클 연타에 몸을 들썩거리던 거미는 어느 순간부터인가 더 이상 몸을 움직이지 않았다.

힘없이 쭉 뻗어버린 다리가 거미의 숨통이 끊어졌음을 증명해 주고 있었다.

"후우……."

그제야 동원이 굳게 다물고 있던 입을 열며 거친 숨을 토해냈다.

스르르르르륵.

숨이 끊어진 거미의 사체는 빠르게 지면으로 녹아들고 있었다. 그리고 얼마 지나지 않아 거미의 배가 있던 자리에서 세 개의 검은 구슬이 생겨났다.

0.5 스피어 씩, 총 세 개. 1.5 스피어였다.

*   *   *

"너클 구매에, 패시브와 기술 개방 쪽으로 가신 모양이죠?"

"그런 셈이죠. 드롭킥이나 엘보우가 기술이었나요?"

변이 거미와의 전투가 끝나고, 동원과 황찬성 형제는 약속했던 대로 스피어를 배분했다.

동원이 2개로 1스피어였고, 형제가 1개로 0.5 스피어였다. 황찬성은 아무리 생각해도 말도 안 되는 배분이라며 툴툴거리는 황찬열에게 0.5 스피어를 건네주고는 오늘은 내가 무료봉사한 셈 치자, 하며 피식 웃었다.

동원은 그런 황찬성에게 자신의 0.5 스피어를 건넸다. 먼저 왔다고는 하지만 아무리 생각해도 황찬열의 말대로 이런 식의 분배는 함께 고생한 입장에서 동원도 원치 않는 것이었다.

잠깐이었지만 함께 거미와 싸워보고 나니 꽤 괜찮은 사람들이었다. 실력도 있었다.

동원은 마침 세 개가 나와 분배하기 좋은 개수가 된 만큼 한사코 거절하는 황찬성에게 자신의 스피어 한 개를 건넸다. 자신에게 먼저 마음을 쓰려 했고, 또 전투를 성공적으로 치러준 것에 대한 보답이었다.

"엘보우 저건 그냥 제가 이름을 붙여준 것으로 기술은 아니구요. 저는 따로 기술 개방을 했습니다. 드롭킥입니다. 쓸 만한 기술이죠?"

"위력이 상당하더군요."

"후후, 주특기니 그럴 수밖에요."

황찬성은 싱글벙글이었다.

동원의 배려로 스피어 하나를 얻었기 때문이기도 했지만, 괜찮은 사람을 만났다는 생각이 들었기 때문이다. 어쩌다가 만나게 된 동원이었지만 황찬성은 동원을 스치듯 오늘만 보고 끝내선 안 되겠다는 생각이 들었다. 그와의 관계를 길게 보고 싶었던 것이다.

이 사람은 오래 살아남을 수 있을 것 같다, 좋은 경험담을 들려줄 것 같다, 그런 생각이 들었다.

동원은 한편 자신의 T1 기술에도 괜찮은 이름을 붙여줘야겠다는 생각이 들었다.

황찬성처럼 시끌벅적하게 기술명까지 외치면서 사용할 생각은 없었지만, 직관적으로 떠올릴 때 T1 기술이라는 키워드보다는 좀 더 수월한 키워드로 이미지닝을 하고 싶었다.

"그쪽, 아니 동원 씨… 는 복서이신가 봐요? 움직임이 예사롭지 않던데. 우리야 무식하게 그냥 냅다 차고, 내리꽂고가 전부지만."

미운 털이 박힐 만한 일을 한 것도 아닌데 동원에 대한 황찬열의 말투는 여전히 껄끄러워하는 듯했다.

하지만 눈빛은 흔들리고 있다. 찰나의 순간이지만 동원

의 실력을 보았고, 죽을 때까지 거미를 무표정하게 내려치던 모습을 보았기 때문이다.

"과거형이죠. 지금은 아닙니다."

"현재진행형이었으면 우리도 남아나지 않았겠네. 안 그래, 형?"

"요점이 뭐냐?"

"그냥… 대단하시다고."

황찬열이 심드렁한 표정으로 입에 담배를 물고는 열 걸음 떨어진 자리까지 걸어가 담배를 태웠다.

"동원 씨, 얼마 안 남으셨죠?"

[ㅁㅁ:ㅁ:ㅁㅁ] [ㅂㅁ:ㅁ:ㅁㅁ]

"그러네요. 시간이 같을 텐데?"

"맞습니다."

황찬성의 말에 스피어를 확인해 보니 남은 시간은 이제 7분이었다.

금요일 오후 3시에 일어난 이후, 이제 막 토요일 12시 33분이 되었으니 거진 21시간 30분을 자지 않고 버틴 셈이었다. 아직까지는 괜찮았지만 다음 퀘스트까지 수행하고 나면 녹초가 될 것 같았다.

그때는 어디서든 눈이라도 붙여야지, 하고 동원은 생각했다. 스피어를 회수하러 다니는 것도 중요하지만 그것도 상태가 좋을 때의 이야기다.

동원은 냉정하게 자신의 몸 상태를 평가했다. 다음 퀘스트가 끝나면 무조건 자야 한다. 이유 불문으로.

"여기는 볼일이 끝났으니 저희는 아까 올라온 방향으로 이동하면서 다음 포인트로 이동할까 합니다. 그러다가 스피어에 입장하고요. 혹시 저희랑 같은 방향으로 다음 목적지를 잡으셨나요?"

"아닙니다. 저도 올라온 방향으로 내려갈 생각이었습니다."

동원이 고개를 저었다.

쌍둥이 형제가 올라온 방향 쪽으로도 다른 포탈들이 있는 모양이었지만 동원은 달리 관심을 두지는 않았다. 애초에 겹치지 않는 동선이기도 했고.

"괜찮으시면 연락처라도……?"

황찬성이 살짝 운을 뗐다.

"입력해 드리죠."

"그래주시면 감사하죠."

동원이 황찬성으로부터 스마트폰을 넘겨받고 빠르게 번호 열한 자리를 입력했다.

직접 대놓고 말한 것은 아니지만 동원이나 황찬성이나 서로에게 같은 감정을 느끼고 있었다. 이 사람은 알아두면 좋을 것 같은 사람이다, 그런 느낌.

"조만간 연락드리겠습니다. 술 한잔하시죠. 아, 물론 살아서 말입니다. 엄한 데서 만나면 안 되겠죠, 후후."

황찬성이 흘깃 하늘을 처다본다. 죽지 말란 뜻이다.

"신세 많았습니다."

동원이 정중하게 인사를 건넸다.

격 없이 다가가기엔 그들을 알게 된 시간이 짧다. 황찬성의 말대로 술 한잔 나누게 될 시간이 오면, 그때나 좀 더 깊은 얘기를 해볼 수 있을 것이다.

"저희가 신세를 졌죠. 그럼 저희는 바로 출발하겠습니다. 야, 황찬열! 담배 그만 쳐 피우고 가자! 시간 없다!"

"그냥 가자고 하면 되지 뭘 또 쳐 피운다 어쩐다, 말투가 그래? 그럼 수고하세요. 이만 갑니다."

황찬열이 동원을 향해 고개를 살짝 숙였다 들고는 형을 따라 빠르게 멀어져 갔다.

개성있는 형과 동생이었다.

나중에 이야기를 나눌 기회가 오면, 동생 황찬열과 꼭 많은 이야기를 해보고 싶었다. 의외로 저런 녀석들이 막상 친해지거나 가까워지면 그 누구보다도 친절하고 배려해 주는 경우가 많다. 물론 경우에 따라선 저 자체가 인성인 경우도 종종 있기는 하지만.

"하아……."

확실히 피로감이 있다.

동원은 기대기 좋게 놓여 있는 바위에 등을 대고는 온몸을 축 늘어뜨렸다.

남은 시간 동안 눈이라도 감고 있고 싶었다.

품 안에는 열아홉 개의 스피어, 9.5 스피어의 값어치에 해당하는 구슬이 들어 있다. 다음 퀘스트에 요긴하게 쓸 수 있을 것 같았다.

시간이 흐르고.

어느덧 대기 시간의 카운트다운이 끝났다.

"가자."

[ㅁㅁ:ㅁㅁ:ㅁㅁ] [4ㅁ:ㅁㅁ:ㅁㅁ]

앉은 채로 스피어를 바라보고 있던 동원이 중얼거리자 스피어가 동원의 앞으로 바짝 다가왔다.

"후우."

무거운 숨을 토해내고, 동원이 스피어를 향해 손을 뻗었다.

[ㅁㅁ:ㅁㅁ:ㅁㅁ] [39:59:57]

그사이, 절대 시간은 여전히 카운트가 진행되고 있었다.

쑤욱!

이내 스피어에 닿은 동원의 손을 시작으로 순식간에 동

원의 몸이 스피어 속으로 빨려들어 갔다.

그리고 현실의 시간이 멈췄다.

스피어의 시간이 시작된 것이다.

제9장
파티 플레이(Party Play)

"후."

익숙한 공간이 눈에 들어온다.

짙은 어둠으로 가득한 통로, 그 끝에 위치한 커넥팅 스톤.

파팟.

이내 모습을 드러내는 시온의 모습까지.

고작 두 번 경험해 본 일인데, 오랫동안 겪어왔던 것처럼 익숙했다.

[N—미확인—ㅁ:1ㅁ:ㅁㅁ]

"이번 퀘스트는 단체 미션입니다. 동시간대에 매칭 가능한 대상을 선정 중입니다. 총 20명 정원에 현재 2명의 참가가 확정되었습니다. 정원에 맞는 인원수를 맞추기 위해 개인 퀘스트 때와는 다르게 현실에서의 시간을 0.1초 간격으로 단계적으로 진행시킵니다. 계속해서 참가자가 입장하고 있습니다."

"단체 미션이라면, 이번 퀘스트는 혼자서 진행하는 게 아니란 이야기인가?"

"그렇습니다."

생각지도 않았던 메시지가 출력됐다.

이번에는 어떤 식으로 퀘스트를 수행해야 할지 고민했던 동원은 단체 미션을 안내하는 시온의 말에 놀란 표정을 지었다.

"외부에서 스피어를 회수해 오셨군요. 바로 스피어 포인트로 변환이 가능합니다. 변환하시겠습니까?"

"그런데 시온, 한 가지 물어볼 게 있는데 말이야. 첫 번째 퀘스트 때는 느끼지 못했는데 지금은 알아차렸거든. 외부에서는 스피어와 내가 입고 있는 옷, 안경 정도만 빼고는 아무것도 반입이 안 되는 건가?"

"정확히 보셨습니다. 외부에서 반입 가능한 것은 의복과 신발, 안경 혹은 렌즈, 그리고 스피어가 전부입니다."

"그래서 스마트폰을 가지고 들어올 수가 없는 거군."

시온의 말에 동원이 고개를 끄덕였다. 스마트폰을 이용해 스피어 내부를 촬영해 볼 수도 있지 않을까 생각했었기 때문이다. 물론 어리석은 상상이 되었지만.

"변환해 줘."

"변환되었습니다."

동원의 요청이 끝나기가 무섭게 스피어의 개수를 표시해 주는 상태창에 9.7의 숫자가 출력됐다. 첫 번째 퀘스트를 종료하고 필요한 곳에 배분한 다음 남았던 0.2 스피어와 합산된 숫자였다.

현실에서 시간을 낭비하지 않고 스피어를 회수하기 위해 돌아다닌 것은 옳은 판단이었다. 덕분에 두 번째 퀘스트, 단체 미션을 수행하기 전에 가용 가능한 스피어의 개수가 늘어난 것이다.

퀘스트 시간은 1시간 10분으로 길지 않았다.

첫 번째 퀘스트가 3시간 30분이었던 것을 생각하면, 시간만 놓고 보면 삼분의 일밖에 되지 않았다. 난이도가 어렵지는 않은 모양이었다. 어쩌면 단기간에 무언가를 해내야 하는 것일지도 모른다.

선택 종료까지 남은 시간은 충분했다. 동원은 우선 단체 쿼스트에 대한 확인부터 시작했다.

"다음 퀘스트를 안내해 줘."

"이번 퀘스트는 디펜스 미션(Defence Mission)입니다. 정해진 시간 동안 죽지 않고 살아남아 지키기만 하면 됩니다. 간단하지만 그래서 더 어려운 생존 방식이기도 합니다."

"1시간 10분, 그러니까 70분을 버티면 완료된다?"

"그렇습니다."

[N—정해진 시간 동안 방어전을 수행—ㅁ1:1ㅁ:ㅁㅁ]

동시에 미확인으로 표시되어 있던 퀘스트 안내창의 내용도 바뀌었다.

70분 동안의 버티기.

차라리 끊임없이 움직이고 달려야 했던 첫 번째 퀘스트가 더 마음에 드는 동원이었다. 시간 단축이 가능하고 이를 통해 추가 보너스를 챙길 수 있었기 때문이다.

하지만 버티는 것이 목적이라면 조기에 퀘스트를 종료하는 것은 불가능했다. 그렇다면 이를 충분히 상쇄할 만한 다른 보상이 있는 걸까?

"영상으로 출력되는 이곳이 당신과 이번 디펜스 미션에 참여하게 될 동료들이 방어전을 수행할 곳입니다. 살펴보십시오."

시온이 동원의 앞으로 선명한 3D 영상과 사진이 담긴 전장의 모습을 보여주었다.

지도의 한가운데에 작은 섬이 보인다.

섬의 외곽에는 울타리가 둘러져 있고 네 방향으로 폭 5m 정도의 길이 쭉 나있다. 이 길을 제외하면 섬 안으로 들어올 수 있는 통로는 없었다.

길을 제외한 공간은 해자(垓字)로 둘러싸여 있는데, 그 깊이가 상당히 깊어 보였다.

섬 안, 즉 울타리 안으로는 몇 개의 반파된 작은 2층 건물이 있고, 섬의 중앙에 5층 이후로는 통째로 날아가 없어져 버린 철제 빌딩 하나가 있었다.

얼추 견적은 나온다.

1차 방어선은 섬으로 진입하는 길목이 될 것이고, 2차 방어선은 남은 건물들과 빌딩이 될 것이다. 다만 이 방어전을 얼마나 수월하게 수행할 수 있을지는 의문이었다.

"좀 더 자세하게 살펴봐도 되는 거지? 선택 종료 시간만 맞추면 되는 거니까."

"물론입니다."

동원은 계속 화면을 상하좌우로 돌려가며 섬 외곽과 섬 내부에 위치한 모든 구조물들을 자세하게 훑어보았다. 동선을 그릴 필요가 있었기 때문이다.

방어전이라고 하면 보통 정적인 것을 떠올리기가 쉽지

만, 그건 어리석은 생각이었다.

하다못해 권투에도 수많은 이동형 방어 자세들이 있고, 그런 자세들은 방어에서만 끝나는 것이 아니라 오히려 상대를 꾀어내는 공격 찬스로 쓰이기도 한다.

이번 역시 다를 것이 없었다. 얼마나 주변의 지형지물을 최대한 활용해서 싸우고, 시간을 지연시키며, 효과적으로 역할 분담을 하는지가 중요했다.

동원은 숨을 죽인 채 혹시나 머리에서 기억이 날아갈세라 차근차근 빠짐없이 보이는 것들을 기억했다.

그렇게 10분여의 시간이 흐르고.

이해를 끝낸 동원이 시온에게 물었다.

"단체 미션, 그러니까 파티 플레이라면 결국 초면의 사람들과 어울리게 된다는 것인데 팀 킬(Team Kill)이 나오지 않으리란 보장이 없잖아? 동료가 보유한 스피어나 무기를 탐내는 사람이 없을 리 없어."

친구도 믿을 수 없는 세상이다.

생면부지의 사람들이 이곳에서 만나, 마치 오래전부터 알고 지낸 전우처럼 끈끈한 동료애를 발휘할 것이란 생각은 들지 않았다.

반대의 경우도 마찬가지였다. 동원이 믿어달라고 한들 과연 다른 사람들이 자신을 믿어줄까? 단언컨대 아니었다.

"스피어 내에서의 죽음 및 살상 행위는 어느 누구에게도 이득이 되지 않습니다. 사망자가 발생하는 즉시 사망자의 신체와 그가 가진 모든 것이 소멸되기 때문입니다. 아무것도 획득할 수 없습니다."

"소멸된다… 그렇다면 반대의 경우에는? 스피어 밖에서 죽었을 경우에는?"

"……."

시온의 전매특허, 침묵이 나온다.

동원이 아직 확인하지 못한 것이기도 했다.

현실에서 스피어를 회수할 수 있게 되면서부터 앞으로 펼쳐질 스피어 경험자들 간의 치열한 획득 경쟁은 불 보듯 뻔한 일이 되었다.

거기에 스피어 내에서 획득해 가지고 나온 무기들이나 기타 물품들을 다른 사람에게 팔아넘기거나 했을 때, 대상자가 죽어도 그대로 무기들이 유지가 된다면?

상황이 어떤 식으로 흘러가게 될지는 예상이 가능했다. 필연적으로 스피어 내에서 계속 생존하며 무기를 구입, 현실에서 팔아먹는 무기상들이 나올 것이고, 이를 악용해 무기를 사들인 뒤 이용 가치가 떨어지면 대상자를 제거하는 경우도 발생할 것이다.

너무 먼 미래를 본 오지랖일 수도 있지만, 당장 지금 발생하더라도 이상할 것 없는 일이기도 했다. 인간은 간사한 쪽으로는 생각이 번개보다도 더 빠르게 움직이는 종족이니까.

"좋아, 우선 팀 킬에 대한 메리트는 없다는 거군."

"그렇습니다. 원래 안내가 이어질 예정이었습니다만, 조기에 안내가 이루어졌으니 팀 킬에 대한 안내 멘트는 생략하겠습니다. 괜찮습니까?"

"괜찮아. 그럼 현재 보유한 스피어로 구매 가능한 모든 물품을 보여줘."

동원이 말이 끝나자, 순식간에 동원의 앞에 다양한 물품들의 모습을 담은 이미지가 활성화됐다.

[전체] [무구] [방어구] [의복] [신발] [장신구] [기타]

분류별로 볼 수 있게 구분된 탭 중에서 동원은 우선 방어구 탭을 클릭했다.

그러자 다양한 형태의 투구와 방패, 갑옷들이 모습을 드러냈다. 중세시대를 어렵지 않게 떠올릴 수 있게 만드는 물건들이었다.

동원은 스크롤을 내렸다.

이것저것 화려해 보이는 방어구, 특히 갑옷 쪽에서 눈길을 끄는 것이 많았지만 저런 것들은 동원에게는 거추장스러울 뿐이었다.

"음, 심플 슈트. 거창한 앞의 것들과는 이름부터 다른 방어구인데."

동원의 시선이 멈춘 곳은 심플 슈트라고 적힌 문구와 기능성 스포츠 웨어 형태의 이미지가 담긴 물품이었다.

가격은 5스피어로 결코 적은 것은 아니었지만 동원의 흥미를 끌기에는 충분한 물품이었다.

동원이 손가락을 살짝 가져다대니 자연스럽게 심플 슈트에 대한 설명이 출력됐다.

[심플 슈트 : 55. 기본형은 전신을 감싸는 내복과 같은 형태로 되어 있지만 본인의 취향에 따라 트레이닝 복, 정장, 도복 차림 등등으로 변환이 가능합니다. 보호 부위는 동일합니다.

심플 슈트는 착용한 당사자가 단번에 목숨을 잃을 수 있는 피해량의 공격을 1회 받아낼 수 있으며, 이후 슈트의 해당 특수 능력은 삭제됩니다. 그 외에는 슈트 자체에 책정된 내구도에 따라 점점 방어 능력이 감소하게 되고, 0이 되었을 시 자동으로 소멸됩니다.]

동원이 유심히 본 것은 취향에 맞게 변환이 가능하다는 부분이 아니라, 죽음으로 이어질 수 있는 치명적인 공격을 한 번은 막아낼 수 있다는 부분이었다.

실수가 죽음으로 직결되는 전장이었다. 이 정도면 엄청난 프리미엄이라고 해도 과언이 아니었다.

물론 쉽게 빈틈을 내어주고, 목숨 아까운 줄 모르고 허투

루 움직이는 사람이라면 유명무실한 옵션일 것이다. 하지만 기본적으로 회피와 타격을 반복하는 동원의 입장에서는 경우에 따라 빈틈이 생길 수도 있는 상황을 커버해 줄 수 있는 심플 슈트의 옵션은 꼭 필요한 것이었다.

"그럼 4.7개가 되겠고."

동원이 우선 심플 슈트를 예비 구매 대상으로 기억에 담아 두었다.

동원은 이번 퀘스트가 디펜스, 즉 방어에 초점이 맞춰져 있음을 계속해서 자신에게 상기시키고 있었다.

처음에는 T1 기술을 5 스피어를 이용해 하나 더 찍거나, 힘 또는 물리 방어력에 관련된 능력치에 스피어를 투자할까도 생각했었다.

하지만 다수의 적들이 다양한 경로로 밀려들어 오는 상황에서 일대일에 특화된 안배보다는 팀플레이를 고려한 안배를 해두는 것이 현명하다는 판단이 들었다.

기타 물품 쪽을 살폈다.

무구는 필요가 없었고, 의복 쪽은 지금은 구매 가능한 것이 없었다. 그리고 신발과 장신구는 현재 최우선으로 고려해야 할 대상이 아니었다.

동원은 전투에서 자신과 팀에게 보조가 될 만한 적정 가격의 물품을 살폈다.

그리고 눈에 들어온 것은 총 두 가지였다.

[중력(장) 폭탄 : 35. 1ㅁ초간 폭탄이 터진 위치로부터 반경 5.5m의 공간에 기존 중력의 8.5배에 달하는 공간을 형성시킵니다. 해당 중력 효과는 인체에는 영향을 미치지 않으나, 착용하고 있는 의복이나 신발 등에는 영향을 미치므로 신중하게 사용해야 합니다.]

[회복 포션 : 15. 체력과 정신력이 손실량의 25% 만큼 회복됩니다. 회복은 5초 동안 단계적으로 이루어지며, 회복량은 포션을 복용하는 그 순간에 측정된 손실치를 기준으로 합니다.]

합계 4 스피어.

현재 보유하고 있는 스피어로 살 수 있었다.

동원이 두 개의 물품에 관심을 가진 것은 쓰임새 때문이었다.

좁은 길목을 이용해 방어전을 수행해야 하는 상황에서 중력장 폭탄은 매우 유용한 물건이었다.

가격이 저렴한 편은 아니었지만, 지름 11m나 되는 공간에 8.5배의 중력에 달하는 공간을 만든다는 것은 그 자체로도 매우 위협적인 일이었다.

회복 포션도 한 개는 반드시 필요해 보였다.

언뜻 보기에는 생각보다 회복량이 부족한 것처럼 느껴졌지만, 한편으로는 이해도 갔다. 정해진 고정 수치를 즉각적으로 회복할 수 있는 포션을 싸게 구입할 수 있다면, 아마

많은 사람들이 망설일 것도 없이 포션만 구매하게 될 테니까.

동원이 [비용과 관계없이 모든 물품 보기]를 눌러 가격 제한을 해제한 뒤, 포션을 좀 더 살폈다. 그러자 수십 개의 포션이 모습을 드러냈다.

그중에 눈길을 끄는 것은 손실량의 50%를 단계적으로 메꿔주는 5 스피어짜리 포션과 손실량의 25%를 즉각적으로 회복시켜 주는 10 스피어짜리 포션이었다.

첫 번째 퀘스트 보상이 10 스피어였다는 점을 생각해 보면 엄청난 가격이었지만, 앞으로 계속해서 보상이 증가할 것이 확실한 만큼 합리적인 가격이라는 생각도 들었다.

"총 20명 정원에 20명의 참가가 확정되었습니다. 미리 입장할 수도 있으며, 선택 종료 시간을 채우고 입장할 수도 있습니다. 방법은 이전과 동일하며, 디펜스의 시작은 마지막 참가자가 입장을 완료하고 10분이 경과한 다음부터 시작됩니다. 해당 10분은 퀘스트 수행 시간에 포함됩니다."

그러는 사이 시온이 20명의 참여를 알리는 안내를 전했다.

생각보다 빨랐다.

이 사람들은 동원처럼 정해진 대기 시간이 끝나자마자 다음 퀘스트에 참여한 사람들일 것이다. 최소한 싸울 의지는 확실한 사람들일 터다.

"심플 슈트, 중력 폭탄, 회복 포션. 이렇게 각각 1개씩."

결정을 내린 동원이 구매 의사를 전했다.

"심플 슈트의 외형은 취향에 맞게 변형 가능합니다. 기본형으로 하시겠습니까?"

"트레이닝복 형태로."

"변형되었습니다."

시온이 안내와 동시에 허공에 변환된 심플 슈트의 모습을 출력해 주었다.

검은색 상하의에 옆선을 따라 만들어져 있는 흰색 두 줄.

이 정도면 충분했다.

"바로 착용하시겠습니까?"

"가능하다면 그렇게 해줘."

샤아아아.

말이 끝나기가 무섭게 동원에게 심플 슈트가 입혀졌다. 방금 전 출력된 영상으로 보았던 대로, 시장에서 쉽게 구입할 수 있을 법한 저가형 트레이닝복의 모습 그대로였다.

"중력 폭탄과 회복 포션 역시 지급되었습니다. 가상의 공간에 위치하고 있으며, 직관적으로 떠올리면 바로 손에 쥐어지게 됩니다. 그 이후 별도의 회수 과정을 거치지 않는다면 들고 다니게 되며, 가상공간으로 다시 넣어놓기 위해서는 이곳에서 별도의 보관 절차를 거쳐야 합니다."

"그렇군."

동원이 고개를 끄덕였다.

빼내기는 쉬우나 다시 넣기는 어렵다. 그런 느낌이었다.

어차피 필요할 때 꺼낼 생각을 하게 될 테니, 굳이 꺼내 놓고 안 쓸 일은 없겠지 싶었다.

"그러고 보니 단체 퀘스트에서 얻게 될 스피어는 어떻게 배분을 하지? 개인이 줍게 되면 인식 절차가 끝나고 자기 소유의 스피어가 되어버릴 텐데?"

동원이 한 가지를 더 확인했다.

단체 퀘스트의 특성상, 전투 중에 발생할 수 있는 전리품 인 스피어에 대한 분배를 생각하지 않을 수 없기 때문이다.

"별도의 파티 스피어 창을 형성시킬 수 있습니다. 배분 대상자를 본인 동의하에 포함할 수 있습니다. 퀘스트가 종 료되면 총 개수에 정해진 인원만큼 나뉘어져 균등 배분됩 니다."

"그 점은 편리하군. 쓸데없는 분쟁은 없을 테니."

시온의 명쾌한 안내에 동원이 고개를 끄덕였다. 그 정도 면 충분했다.

준비는 끝났다.

남은 스피어의 개수는 0.7개.

기본 구매 단위가 1 스피어로 끊어지는 물품들 속에서 0.7 스피어로 할 수 있는 것은 없었다.

아주 잠시, 황찬성에게 건넨 0.5 스피어가 생각나기도 했다. 그게 있었더라면 회복 포션이라도 하나 더 사두었을 텐데.

하지만 동원은 이내 생각을 털어버렸다.

그들이 있었기에 수월하게 거미를 잡고 0.5 스피어를 챙긴 것이기도 하다. 혼자였다면 고전했을 수도 있고, 경우에 따라선 부상을 입었을 수도 있었다.

"후우."

동원이 너클을 고쳐 끼웠다.

처음 구매했을 때는 선명한 은빛을 머금고 있던 너클이었는데, 다양한 변이체들의 체액과 살점이 뒤섞이다 보니 지금은 군데군데가 검붉게 변해 있었다.

전투의 흔적이었다.

동원은 날카로운 부분이 무뎌지거나 거기에 살점이 붙어 타격에 방해가 되는 것이 아닌 이상은 이 흔적을 애써 지워내지는 않을 생각이었다.

볼 때마다 자신이 처해 있는 현실을 다시 한 번 냉정하게 보게 되는 표식이기도 했기 때문이다.

동원은 우선 빠르게 입장하여 단체 퀘스트를 수행할 장소를 직접 둘러보기로 했다. 마지막 참가자까지 입장을 해야 시작이 된다고 하니, 미리 입장해 두면 그만큼 둘러볼 시간이 충분해지는 셈이다.

"이름은 카운터(Counter) 정도가 좋겠지."

커넥팅 스톤으로 향하는 동안 동원은 자신의 T1 기술에 대한 가칭을 정했다.

어차피 황찬성, 황찬열 형제처럼 기술명을 굳이 입으로 뱉어가면서 싸울 것도 아니니까 직관적으로 연상이 가능한 이름 정도면 충분했다.

샤아아아.

이내 커넥팅 스톤을 잡은 동원의 몸이 빠르게 이동하기 시작했다.

어둡고 음침한 통로의 광경들이 사라지고 다시 동원의 곁에 새로운 공간들이 생겨났을 때.

동원은 시온의 안내를 따라 확인했었던 섬 중앙의 빌딩 로비에 서 있었다.

*   *   *

파팟. 팟.

거의 동시에 가까운 약간의 시간 차를 두고, 동원의 눈앞에 두 사람의 모습이 더 생겨났다.

마치 데이터가 전송되는 것처럼 처음에는 그림자 같은 외형이 생겨나더니 자연스럽게 그 위로 색이 입혀지며 사람의 모습이 드러났다.

그리고 약 1초 정도의 시간을 두고 멈춰 있더니, 이내 그 몸의 주인들이 움직였다.

"어?"

"두 사람, 또 만났네요."

동원이 이동과 함께 모습을 드러낸 반가운 얼굴 둘을 보고는 미소를 지었다.

황찬성, 황찬열 형제였다.

당분간은 다시 볼 일이 없을 것이라 생각했는데, 단체 퀘스트를 계기로 생각보다 빠른 재회가 이뤄진 것이다.

이미 한 번 보았던 얼굴이라 그런지 더더욱 반가웠다.

"야… 이거 이번에 이런 퀘스트를 하게 될 거라곤 생각도 못했는데요. 20명이 참여하고 네 방향을 지켜야 한다면 결국 라인 하나당 다섯 명이라는 이야기인데… 이거 복불복 아닙니까? 누가 같은 라인으로 가게 되는지가 중요하게 됐죠!"

"들어오는 순서대로 가면 되지, 안 그래?"

황찬성의 말에 황찬열이 심드렁하게 답했다.

동원은 두 사람의 머리 위에 작은 글자로 표시된 F02를 볼 수 있었다. 다른 것은 스피어 밖에서처럼 동일하게 확인할 수 없지만, 상대의 랭크와 퀘스트 수행 횟수는 파악이 가능한 것 같았다.

지금은 모두가 막 첫 번째 퀘스트를 끝내고 대기 시간이 끝나자마자 입장을 한 것일 테니 랭크와 횟수의 차이가 없을 것이다. 이번 퀘스트가 완료되어야 F03이 될 테고.

하지만 시간이 지나면 지날수록 만나게 될 사람들 사이의 격차도 커지게 될 것이다. 누군가는 쉬지 않고 대기 시간마다 입장을 할 것이고, 누군가는 이런저런 이유들로 시간을 보내다가 뒤늦게 들어오거나 할 테니까.

"잠시 둘러보고 오죠."

동원이 빌딩 밖으로 나섰다.

영상과 사진으로 본 것과 직접 두 눈으로 본 것에는 분명 차이가 있다.

동원은 전체적인 동선을 그려볼 생각이었다.

다음 수를 항상 머릿속에 두고 있어야 피할 수 없는 위험과 마주쳤을 때 당황하지 않는다.

그것이 복싱이든 퀘스트든 다를 것은 없었다.

*　　　　*　　　　*

　동원이 섬 근처를 둘러보는 동안, 빌딩 로비에는 계속해서 사람들의 이동이 이루어졌다.

　누가 그렇게 하자고 약속한 것도 아닌데 들어오는 순서대로 자연스럽게 전담할 위치가 정해졌다.

　첫 번째로 들어온 동원부터 다섯 번째로 들어온 사람까지가 북쪽, 그다음의 다섯 명이 동쪽, 나머지가 남쪽, 마지막이 서쪽… 이렇게 시계 방향 순서였다.

　동원이 모든 참여자들의 입장을 알리는 안내 메시지를 듣고 퀘스트 시간의 카운트다운이 시작된 것을 알고 돌아왔을 때는 이미 자리 배분이 다 끝나 있는 상태였다.

　"자네는 왜 시작도 하기 전에 전열을 이탈해 있었나! 벌써부터 겁에 질려 있는 건가?"

　"동원 씨, 이 사람 누군지 아시죠? 폭탄이 하나 들어왔습니다."

　동원이 로비로 돌아오자, 네 무리의 사람 중 북쪽의 무리에 있던 황찬열이 눈짓으로 흘깃 목소리의 주인공을 가리켰다. 황찬열의 똥 씹은 표정이 심상치 않았다.

　동원은 빠르게 동료들의 면면을 살폈다.

　먼저 오른쪽에는 구면인 황찬성, 황찬열 형제가 서 있고.

자신의 왼쪽에는 말없이 입을 굳게 다문 채, 활과 화살통을 만지작거리고 있는 여인이 하나 있다.

'양궁 국가대표 이유리?'

처음엔 비슷한 얼굴이라고 생각했는데, 그게 아니라 본인이었다. 올림픽에 관련된 뉴스를 한 번이라도 보았다면 2012년 올림픽의 양궁 금메달리스트 이유리를 모를 수 없는 것이다.

그녀는 조용히 고개를 끄덕여 인사를 하고는 계속 활시위를 당겼다 놓기를 반복하며 감각을 조율하는 모습이었다.

"폭탄이라니! 내가 누군지 모를 리 없을 텐데? 자네 입이 참으로 험하기 그지없구만."

"누군지 알고 모르고가 중요한 게 아니라… 지금 이 상황을 어떻게 해결할 건데요? 김창식 씨, 맨손에 맨몸으로 뭘 하실 수 있는데요?"

"능숙하게 지휘를 할 수 있지. 내가 전반적인 전세를 파악하고 지시를 내리면, 그에 맞게 자네들이 움직이면 되지 않겠나?"

"지금 내가 뭘 지적하고 있는지 못 알아들어요?"

"야, 야, 찬열아! 그만해라. 지금 이게 무슨 의미가 있냐?"

"동원 씨, 이 아저씨 알죠? 연예인 김창식. 근데 이 사람 지금 겁나 웃긴 게 뭔지 알아요? 첫 번째 퀘스트 완료해서 얻은 스피어들 어디에 썼을까~요?"

김창식, 그 이름은 동원도 안다.

악명 높은 연예인의 이름이다.

그는 지금은 유흥가, 소위 밤무대로 불리는 곳을 전전하며 먹고 살고 있는 사람이었다.

한때는 인기 있는 연예인으로 남부럽지 않은 인기를 기반으로 큰돈을 벌며 살았었다. 인생의 황금기가 있었던 것이다.

하지만 무리하게 벌린 사업의 실패와 그 과정에서 투자금을 유치하기 위해 사기를 치고, 큰돈에 대한 유혹으로 인해 불법 도박 등에 휘말리면서 인생의 추락을 경험했다.

과거에 인기가 많았을 당시에도 김창식은 생각 없는 언행으로 수많은 구설수에 올랐지만, 그때는 인기가 많아 그런 것들이 무마됐다. 하지만 인생의 내리막길을 확실하게 탄 그는 지금은 그야말로 문제 인물이 되어 있었다.

근근이 그의 생활을 유지하게 만들어주었던 밤무대에서의 생활도 점점 그의 이미지가 나빠지면서 더욱 의뢰가 줄어들고 있는 중이었다.

사람들에게 있어 김창식은 유명했던 연예인이 아닌 말만

번지르르하게 하고, 허풍을 떨기로 유명한 허세꾼이자 사기꾼에 불과했다. 그래서 아무도 그를 환영하지 않는 것이다.

오죽 했으면 누리꾼들이 사기 대통령, 약칭 사통령이라는 이름까지 붙여줬을까.

이쪽을 보며 수군거리는 다른 사람들의 모습이 보인다. 그들은 하나같이 김창식을 보며 자신들과 한편이 아니라는 사실에 안도하는 듯한 모습이었다.

매우 근시안적인 생각이다.

결국 이 섬은 20명이 한 팀이 되어서 지켜내야 하고, 단지 수월한 방어를 위해 인원을 균등 분배하여 4방향으로 나누는 것뿐이다.

한쪽이 무너지면 그 영향이 고스란히 다른 쪽으로 미치게 된다. 직접 독박을 쓰나 독박이 뭉쳐서 날아올 파도에 휘말리거나 결국 매한가지였다.

"아무것도 없습니까?"

동원이 김창식에게 물었다.

입고 있는 옷도 후줄근한 트레이닝복 차림이고 들고 있는 것은 오른손의 단검이 전부인 것 같았다. 불길한 예감이지만, 동원은 김창식이 첫 번째 퀘스트를 운 좋게 완수하고 얻었을 보상들이 전부 돈으로 바뀌었을 것 같다는 생각을 버릴 수 없었다.

일감은 줄어들었지만, 씀씀이는 예전과 같은 그였다. 돈의 유혹을 뿌리쳤을 가능성은 제로에 가깝다.

"없네. 전부 돈으로 바꿨거든. 대신 내 몸을 지킬 단검 한 자루와 전장을 한눈에 꿰뚫어볼 수 있는 넓은 시야가 있지. 이 정도면 충분하지 않나? 그렇게 첫 번째 임무에서도 살아남았고 말이야. 이번에도 마찬가지 아니겠나?"

심지어 뻔뻔하기까지 하다.

이렇게 된 이상 전력 외로 분류하는 것이 나을 것 같았다.

동원은 냉정하게 머릿속에서 김창식에 대한 모든 기억을 털어냈다. 지금부터 자신에게 김창식은 투명인간이었다. 북쪽 라인은 네 명이 담당하게 될 것이다.

"이유리 씨, 맞죠?"

"네, 맞아요."

동원의 물음에 이유리가 고개를 끄덕였다.

조합이 나쁜 편은 아니다.

게임에 빗대어 생각해 보자면, 황찬성 형제는 탱커에 가까웠고 동원 자신은 딜링과 탱킹을 겸하는 딜탱에 가까웠다. 이유리는 원거리 딜러로 볼 수 있었다.

그리고 김창식은… 먼지라고 하면 적당할 듯싶었다.

제10장
역할 분담

칼같이 다음 퀘스트에 참여한 사람이라 전투 의지가 있는 사람일 줄 알았는데, 김창식은 그저 돈에 눈이 먼 돈귀신이었다.

신은 그에게 남을 속일 만한 잔재주와 방탕한 생활을 즐길 흥은 주었을지 몰라도, 생각할 머리는 주지 않은 것 같았다. 다음을 대비한 준비조차 하지 않았다는 것이 한심하기 그지없었다. 그는 단체 퀘스트라는 이름 아래 묻어갈 생각을 하고 있는 것 같았다.

"전면에 나설 필요 없어요. 최대한 거리를 유지해 가면서, 놓치는 녀석들을 상대해 주면 됩니다."

"그쪽은… 동원 씨이던가요? 동원 씨는 괜찮으시겠어요?"

"문제없습니다."

동원이 고개를 끄덕였다.

이유리는 근접전을 수행해야 하는 동원이 걱정되는 모양이었다. 사실 동원뿐만 아니라 황찬성 형제도 위험하긴 마찬가지였다.

하지만 그녀의 시선은 줄곧 동원에게로 고정되어 있었다.

"제 몫은 어떻게든 할게요. 동원 씨에게 피해가 가지 않도록……."

"저야말로 최선을 다 하겠습니다."

"저기요, 이유리 씨. 우리한테는 아무 말 없어요? 고생은 우리도 하는데."

동원과 이유리의 짧고도 긴밀한 대화에 묘한 질투심을 느꼈는지 황찬열이 이유리에게 툴툴거렸다.

새삼스런 얘기지만 미녀 양궁 금메달리스트라는 수식어로 잘 알려진 그녀는 두말할 나위도 없이 예뻤다.

화장기 전혀 없는 맨 얼굴에 포니테일식으로 묶은 긴 생머리, 그리고 편한 운동복 차림이었지만, 웬만한 연예인들은 저리 가라 할 정도의 외모였다.

그런 탓에 동원도 자꾸 흘깃흘깃 그녀의 얼굴을 쳐다보게 될 정도였다. 얼굴만 놓고 본다면 동원이 인정했던 김단비나 김윤미의 외모보다도 출중했다.

"잘 부탁드려요."

"아, 네… 잘 부탁… 드립니다. 예."

이유리의 짤막한 대답에 황찬열이 김이 빠진 듯 고개를 끄덕이며 돌아섰다.

그래도 나름 내 얼굴이 꿇리는 얼굴은 아닌데 별로 나에게는 관심이 없나 보군. 황찬열은 그렇게 생각했다.

"자네 쌍둥이 형제들이 최전방에서 적의 공격을 막고 동원 군 자네가 바로 뒤를 보조하게. 이유리 양이 원거리 지원을 맡고 내가 우리 쪽 길목의 모든 상황을 컨트롤하지. 어떤가?"

"그럼 저는 잠시 다른 라인으로 갈 사람들과 대화를 나눠보죠."

"이 친구, 지금 내 말을……."

"좀 더 수월하게 컨트롤하실 수 있도록 제가 미리 길을 닦아놓는 겁니다. 그래야 하지 않을까요."

"음… 그렇지! 좋은 생각이군."

어쩌다 보니 이 팀에서 리더를 맡게 된 동원이었다.

김창식이 팀에서 필요 없는 존재이긴 했지만, 그의 심기를 건드려서 좋을 것은 없어 보였다.

동원은 잘 포장된 말로 김창식을 구슬리고는 전략 구상에 한창인 다른 팀들의 리더를 찾아 움직였다.

각 길목만 놓고 보면 소규모 5인 팀의 디펜스지만, 결과적으로 방어선이 뚫리게 되면 20인 전원이 하는 디펜스로 바뀌게 된다.

때문에 위기 상황을 대비해 각 팀이 합을 맞춰놓을 필요가 있었다. 한쪽 라인이 뚫린 상황에서는 길목을 놓고 싸우는 것이 의미가 없기 때문이다.

자칫 잘못했다가는 밀고 들어온 적들에 의해 퇴로가 막히는 형국이 될 수도 있고, 그렇게 되면 죽음을 면치 못하게 될 터였다.

[N─정해진 시간 동안 방어전을 수행─ㅁ1:ㅁ6:15]

공격까지 남은 시간은 약 6분.

동원은 로비 중앙에서 다른 라인의 세 리더를 만났다.

"최종적으로는 이 건물이 마지막 방어선이 될 겁니다. 이왕이면 길목에서 방어하는 것이 효과적이겠지만, 뚫리게 되면 미련 없이 모든 라인에서 뒤로 빠지는 게 맞다고 봅니다."

동쪽 팀의 리더인 민머리의 남자가 먼저 말을 꺼냈다.

이름은 정훈이라고 했다. 주먹깨나 쓸 것 같이 보이는 외모와 달리 그는 장검을 소유하고 있었다. 검도 유단자였던 것이다.

"제 생각도 일치합니다. 얼마나 버틸 수 있느냐가 관건이겠지만, 포기할 때는 빠르게."

동원이 정훈의 말에 의견을 더했다.

"동원 씨라고 했던가요? 그쪽, 괜찮겠습니까? 다른 사람들은 1인분 이상을 충분히 해줄 것 같지만, 나머지 한 사람이 유령이 될 것 같아 보이는데."

남쪽 팀 리더, 신정철이 물었다. 비단 신정철뿐만이 아니라 이번 단체 퀘스트에 참여한 모든 사람들의 반응이 똑같았다. 쓸모없는 한 놈이 끼었다, 재수 더럽게 없네. 그런 반응이다.

"최대한으로 버텨보죠."

동원이 짧게 말을 끊었다.

여기서 장황하게 미사여구를 써가며 말한다고 해서 없던 힘이 생기는 것도 아니다. 동원은 이미 한 번 호흡을 맞춰본 적이 있는 황찬성 형제와의 파티 플레이에 기대를 걸고 있었다.

이유리가 뒤에서 빈틈없이 지원을 해줄 것이라는 믿음도 있었다. 그녀의 결연한 눈빛에서는 남들과는 확연히 다른 투지가 묻어나왔었으니까.

"서쪽은 밥값은 할 테니 걱정들 하지 마시고요. 수시로 다른 라인 상황 확인해 가면서 한쪽이 무너지는 대로 바로 빠지는 걸로 하죠. 개인 판단에 맡기면 결정이 산으로 갈 수도 있으니."

서쪽 팀 리더가 말했다. 그는 자신의 이름을 밝히지 않았다.

대신 생각하는 것은 일치했다.

만장일치, 다행히 이견은 없었다.

"그럼 움직이죠."

"반드시 살아남읍시다."

"힘내십쇼, 동원 씨."

"살 놈은 살고, 죽을 놈은 죽습니다. 아니다 싶은 놈은 죽는 게 나을지도 모르고."

동원이 운을 떼자, 정훈과 신정철, 서쪽 팀의 리더가 차례대로 말을 이었다.

김창식은 공공의 적이었다. 정작 본인은 그것도 모른 채이미 지휘관 놀이에 푹 빠져 있는 것 같았지만 말이다.

그리고 이동이 시작됐다.

이제 막 5분대로 접어들고 있었다.

도대체 어떤 놈들이 어떻게 모습을 드러낼까.

너클을 낀 양손에 힘이 자연스레 들어갔다. 너클에 피를 묻힐 시간이 다가 오고 있었다.

*   *   *

"아참, 동원 형님. 말은 편하게 하셔도 됩니다. 저와 찬열이 모두 스물다섯이거든요."

"내가 형이라고 어떻게 확신할 수 있죠?"

"말투만 봐도 느껴지거든요. 나이를 아주 깊이 있게 드신 형님이라는 것."

황찬성이 엄지손가락을 치켜들어 보였다.

섬 안으로 들어오는 북쪽 길목에 적당히 바리케이드 삼아 장애물들을 설치하던 황찬열은 황찬성의 오버 섞인 제스처에 피식 웃음을 터뜨렸다.

저게 형의 매력이기도 했다. 자신은 절대 할 수 없을 낯간지러운 말과 행동들을 스스럼없이 한다.

그리고 늘 동생인 자신을 돋보이게 만들어주기 위해, 그 어떤 희생도 마다하지 않는다. 매번 툴툴거리며 싸우는 형이었지만, 황찬열이 세상 그 누구보다도 사랑하는 형이기도 했다.

"그럼 편하게 말 놓는 걸로. 하, 이제 2분 남았군."

"그러네요."

"자, 그러면 이번 퀘스트에만 한정해서 파티 스피어 창을 형성하도록 하죠. 자동으로 분배가 되는 걸로."

동원의 말에 쌍둥이 형제와 이유리가 고개를 끄덕였다. 다들 배분에 대한 생각을 하고 입장하기 전에 알아보았던 모양인지, 별도의 설명을 필요로 하지는 않는 모습이었다.

동원이 파티 스피어 창에 대한 생각을 떠올리자, 시야 우측 하단에 작게 개인 스피어 창 위로 바로 파티 스피어 창이 형성됐다.

먼저 동원의 얼굴이 담긴 작은 아이콘이 출력되고, 이어서 황찬성과 황찬열, 이유리의 얼굴을 작게 담은 아이콘이 연이어 배열됐다.

아직 한 사람이 부족하다. 뒤에 있는 김창식이 동의하지 않은 모양이다.

"수락하시죠!"

동원이 소리쳤다. 그를 챙겨주고 싶어서 챙겨주는 것이 아니었다. 괜한 후환거리를 만들고 싶지 않았기 때문이다.

"필요 없네! 난 개인적인 욕심은 없네!"

씨알도 먹히지 않을 거짓말.

동원은 김창식이 어떤 생각을 하고 있을지 어렴풋이 짐작이 갔다. 스피어를 통해 돈맛을 보았으니 독점하고 싶은 생각이 강할 것이다. 나눠 가지는 것은 욕심 많은 연예인, 아니 사기꾼인 그에게 어울리는 미덕이 아니었다. 그는 기회주의자다.

"그럼 사양 않죠."

동원이 고개를 끄덕였다.

[파티 스피어 배분 대상자를 확정하시겠습니까?]

시온의 안내음이 들려왔다.

동원은 빠르게 고개를 끄덕였다.

강동원, 황찬성, 황찬열, 이유리.

그렇게 네 명의 배분 대상자가 확정되었다.

잠시 후, 동원이 시간을 살폈다.

2분대로 접어든 시간.

고개를 돌려보니, 이유리가 길목의 가장 끝자락에 위치한 디딤대 위에 올라선 채로 활시위를 당겼다 놓기를 반복하고 있었다.

가상의 적을 설정해 놓고 힘을 조절해 가며 겨냥을 하는 모습이었다.

"자, 찬열 군! 그 나무들은 내 쪽에 놓는 게 어떻겠나?"

"길목을 막으려고 놓는 장애물인데 무슨 발판으로 쓰려고 줍니까? 헛소리하지 마시고요."

팀에 도움이 될 만한 말이 단 한마디도 없는 김창식이었다.

동원이 묵묵히 찬열을 도우며, 다시 한 번 상태를 점검했다. 그래도 여기저기서 바윗돌과 나무들, 그리고 잡다한 것들을 모두 갖다 놓은 덕분에 길목은 꽤 움직이기 번거롭게 되어 있었다.

"형은 어떻게 준비하셨어요? 저는 드롭킥을 하나 더 발전시켰고, 찬열이는 방어에 전부 투자했죠."

"슈트, 폭탄, 포션."

"형, 슈트 없으셨었군요? 저희는 첫 번째 보상 스피어로 바로 샀던 게 슈트였어요. 그래서 거미를 상대할 때 별로 부담이 없었죠."

어쩐지 무척이나 적극적으로 덤벼들었던 두 사람이었다.

형제의 분배를 보니 동원의 중력 폭탄 같은 광역 전개가 가능한 물품은 없어 보였다.

폭탄과 포션은 최후의 수단으로 쓰는 게 좋을 것이다. 최대한 아끼고 또 아껴야 했다. 버틸 수 있을 때까지.

[N—정해진 시간 동안 방어전을 수행—ㅁ:ㅁ:5ㅁ]

마지막 장애물을 설치하는 사이 1분의 벽이 깨졌다.

자, 자, 다들 파이팅합시다!

꽤 먼 거리였지만, 팀원들을 독려하는 정훈의 목소리가

이쪽까지 들려왔다.

"모두 최선을 다해, 이곳을 사수해 주게!"

김창식이 질세라 멘트를 이어간다.

"죽지 않게 조심하시고요."

동원이 마음에도 없는 말을 건넸다.

눈앞의 동료보다 뒤에 있는 김창식이 더 신경이 쓰인다. 왠지 결정적인 상황에서 걸림돌이 될 것 같은 느낌이다.

사기를 한 번 치기는 어렵지만 두 번 치는 것은 어렵지 않다. 동원은 김창식의 움직임을 꾸준히 살필 생각이었다.

"후."

동원의 시선은 길목 너머에 고정되어 있었다.

남은 시간은 10초.

이유리는 첫 번째 화살을 활시위에 메긴 채 매서운 눈빛으로 동원과 같은 곳을 응시하고 있었다.

황찬성과 황찬열은 각각 바리게이트로 인해 좁아지는 길목의 양옆에 서 있었다.

동원은 두 사람과 5m 정도의 거리를 두고 뒤에 섰다.

형제가 선택적으로 통과시킬 몇몇 녀석들을 직접 상대하기 위해서다.

이유리가 위치한 자리는 세 사람이 형성하고 있는 삼각

라인의 중심에 위치하게 될 적을 노리기 가장 좋은 자리이 기도 했다.

휘이이이이!

그 순간, 기다렸다는 듯이 모래바람이 불기 시작했다.

잔잔했던 주변의 광경들이 갑자기 불기 시작한 모래바람 에 음침하게 바뀌기 시작했다.

"준비."

그사이, 동원의 시야에 모래바람 속에 위치한 검은 형체 가 들어왔다. 녀석들은 모래바람을 좋은 가리개로 삼아, 빠르게 접근하고 있었다.

핑!

그 순간, 이유리의 활시위를 떠난 화살 하나가 포물선을 그리며 검은 형체를 향해 날아갔다.

푸욱! 키익!

명중이었다.

동시에 놈의 비명이 터져 나왔다.

"아, 씨발, 또 거미야! 아아아악!"

황찬열에게서도 비명이 터져 나왔다.

첫 번째로 모습을 드러낸 방어전의 대상이 포탈 앞에서 상대했던 바로 그 거미였기 때문이다.

"……."

동원이 침착하게 정면을 주시했다.

자세히 보니 거미와 외형은 유사하지만 큰 입과 이빨이 있었다. 거미에게는 없는 것이다.

여덟 개의 다리는 오로지 보행을 위한 용도로만 만들어진 것처럼 안쪽으로 심하게 굽어져 있었고, 그 대신 아귀처럼 거대한 입이 자리했다.

키기기긱. 키기기긱.

1.5m 정도 되는 크기의 녀석이 먼저 모습을 드러내고, 그 뒤로 10m 정도 간격을 두고 약 10마리 정도의 소형화된 녀석들이 모습을 드러냈다. 그 녀석들은 50㎝ 정도 되는 크기로 선두에 있는 녀석보다는 작은 편이었다.

"앞에 있는 큰 놈부터 신속하게 끝내자!"

동원이 외치며 길목의 중앙을 향해 뛰기 시작했다.

아귀처럼 생긴 거미, 큰 아귀거미에 시선을 빼앗기기 좋지만 동원에게 더 위험해 보이는 것은 뒤에서 따라오는 작은 녀석들이었다.

큰 아귀거미가 시간을 끌게 되면, 그사이 도착한 작은 아귀 거미들이 방어가 상대적으로 취약한 하체를 공격하거나 물어뜯을 것이다.

작아서 죽이기에는 수월할지 몰라도, 그 때문에 눈높이가 다르다는 점은 위험 요소였다. 하체에 부상을 입게 되면, 기동성 있게 움직이거나 쌍둥이 형제들처럼 체술을 기반으로 한 공격 패턴을 취하는 것은 매우 어려워진다.

"지난번 포지션으로?"

황찬성이 묻는다. 동굴 앞에서 거미를 잡던 그 방법을 쓰겠냐는 것이다.

동원이 고개를 끄덕이며, 전력질주하기 시작했다.

마침 잘 쌓아놓은 장애물들은 도움닫기를 하기에 충분한 높이로 만들어져 있었다.

끼리릭, 핑!

그러는 사이 이유리가 날린 한 발의 화살이 이번에는 긴 포물선을 그리며 뒤로 날아갔다. 힘이 묵직하게 실린 화살은 순식간에 동원의 옆을 스쳐 지나가며, 그대로 뒤에서 기세 좋게 오고 있던 작은 아귀거미의 입 한가운데에 꽂혔다.

키야야악!

일격에 죽지는 않았지만, 입 안쪽에 화살이 박힌 녀석은 제대로 입을 닫지 못하고 고통에 좌우로 정신없이 움직이길 반복했다.

"물러서게! 지금으로선 승산이 없어!"

그 와중에 개소리도 뒤에서 들려온다. 얼마나 운이 좋았길래 첫 번째 퀘스트에서 살아남은 것일까. 동원은 지옥 같았을 첫 번째 퀘스트에서 김창식이 어떻게 살아남았을지가 더 궁금했다.

부웅!

동원이 도움닫기를 하며 허공에 힘차게 몸을 날렸다.

그사이 아귀거미의 매서운 입질을 피해 좌우로 갈라진 두 형제는 안쪽으로 굽어 있던 아귀거미의 다리 관절을 붙잡고는 아예 반으로 접어버렸다.

뚜둑, 뚝!

그 바람에 일정한 높이를 유지하고 있던 큰 아귀거미의 몸이 반쯤 내려앉았다.

좋은 보조였다. 그 바람에 동원을 노린 큰 아귀거미의 입질이 빗나갔기 때문이다.

터억!

퀴에에에에엑!

동원은 아예 큰 아귀거미의 입과 눈 사이의 뭉툭한 공간에 올라탔다.

눈앞이지만, 그럼에도 불구하고 녀석이 공격할 수 없는 곳. 바로 동원이 올라탄 이 자리였다.

깜빡. 깜빡.

여덟 개의 홑눈이 일제히 자신을 응시하고 깜빡거린다.

캬아아아악!

놈이 몸을 들어 올리며 거대한 입을 게걸스럽게 열었다.

송곳처럼 날카롭게 나 있는 이빨들은 한 번 물리면 그 어떤 것도 빠져나올 수 없을 것처럼 강인해 보였다.

하지만 놈은 이빨이 전부였다.

동원은 몸을 들어 올리는 아귀거미의 움직임에 맞춰, 자연스럽게 몸통 쪽으로 몸을 움직였다. 아귀거미의 몸이 이리저리 들썩였지만, 균형을 잡을 정도는 됐다.

푸훅! 캬학!

동원의 너클이 깜빡거리던 큰 아귀거미의 눈을 그대로 내려쳤다. 순간 점액이 사방으로 튀며 비명이 터져 나왔다.

눈의 쓸모 여부를 떠나서, 인체에서 가장 약한 부분인 눈은 손상을 입었을 때 직간접적으로 모든 고통을 줄 수 있는 부위 중 하나였다.

보이지 않기에 당황하게 되고, 평소보다 더 한 공포감을 느끼게 되며, 제대로 된 판단을 하지 못하게 되는 것이다.

뚜둑! 뚝!

그러는 사이 큰 아귀거미의 다리 두 개가 또다시 무용지물이 됐다. 운동으로 다져진 두 형제의 근력은 생각보다 대단했다.

핑! 핑!

이유리도 쉬지 않고 계속해서 화살을 날렸다.

등 뒤에 맨 화살통에는 10대 정도의 화살밖에 담겨 있지 않았는데, 그녀가 화살을 뽑아서 쓸 때마다 자동으로 빈 공간에 화살이 새로 채워졌다.

직접 구매창에서 확인한 것은 아니지만, 일정량의 개수를 주고 쓸 때마다 정해진 양이 소진될 때까지 반복해서 생기는 형태로 만들어진 물품일 것 같았다.

이유리는 세 사람이 큰 아귀거미에게 붙었다는 사실을 확인하고는 뒤에서 오고 있는 작은 아귀거미들만 집중적으로 노리고 있었다.

철퍽! 철퍽!

동원이 이미 걸레짝이 되다시피 한 눈가를 뒤로 한 채, 큰 아귀거미의 머리가슴과 배 사이의 연결부를 노렸다.

거미의 신체 부위 중에서 가장 얇지만 부상을 입었을 때 치명적인 부분. 동원은 두 형제가 양옆에서 다리의 움직임을 무력화시키는 동안, 신속하게 연결부를 내려쳤다.

결국 놈도 강철로 이루어진 몸은 아닌지라, 집요하리만치 한곳만 파고드는 동원의 공격에 견뎌낼 재간이 없었다. 외피도 살짝 질긴 정도였고, 그 정도는 너클의 끝이 후벼 파는 데에는 문제가 없었다.

화르르르륵—

큰 아귀거미의 숨이 끊어지자, 빠르게 사체가 녹아 없어지고. 그 자리에 스피어가 생겨났다. 첫 번째 퀘스트에서 그랬던 것처럼, 이 녀석들도 스피어를 드랍하는 것이다.

"이게 보상이었나."

시간이 남을 수 없는 디펜스 미션의 특성상, 그 시간 동안에 있을 몬스터 웨이브에서 추가적인 스피어 획득을 가능하게 한 것 같았다. 이렇게 되면 기를 쓰고 방어에 힘써야 할 동기부여가 확실해진다.

"어떻게 할까요?"

황찬성이 길목 위에서 반짝반짝 빛나고 있는 스피어를 흘깃 보고는 다시 정면을 응시했다. 다들 스피어에 눈길을 주고 있지만, 한가롭게 몸을 숙여 스피어를 움켜쥐고 있을 시간이 없었다.

"지금은 아닌 것 같다."

동원이 고개를 저었다.

웨이브가 계속되고 있었다. 스피어를 줍고, 인식 절차를 거쳐 회수할 그럴 새가 없었다.

작은 아귀거미들이 도착하고, 그 뒤로 바로 이어지는 새로운 웨이브가 있었기 때문이다.

스피어를 줍게 되면 2초 정도의 인식 및 회수 시간을 거쳐야 하는데, 그렇게 세상 좋게 스피어를 주울 시간이 지금 동원 일행에게는 없었다.

＊　　　　＊　　　　＊

　웨이브는 쉴 새 없이 계속됐다.

　1시간 10분, 그중에서 10분의 대기 시간을 빼면 1시간.
타이트한 퀘스트 시간에는 이유가 있었다.

　그야말로 격전이었다. 동원과 황찬성, 황찬열은 길목에
서 죽기 살기로 몬스터들의 웨이브를 막아냈다.

　아귀거미는 시작에 불과했다.

　사마귀, 파리, 박쥐 떼까지 다양했다.

　계속 혈투를 치르면서 느낀 것은 마주하는 괴생명체들이
지구에 존재하는 것들과 유사하게는 생겼지만, 똑같지는
않다는 점이었다. 없는 신체 부위가 존재하거나, 있어야 할
것이 없기도 했다. 아귀거미가 대표적인 케이스였다.

　공격에는 정해진 패턴이 있었다.

　우선 대장 역할을 하는 큰 몬스터가 등장한 뒤, 이어서
작은 몬스터들이 나타났다.

　그사이에 약간의 시간 차가 있었는데, 동원이 스피어를
회수할 수 있는 타이밍은 딱 그때가 전부였다.

　작은 몬스터들이 등장하고, 녀석들을 다 쓰러뜨릴 때 즈
음이면 다음 웨이브가 이어졌기 때문이다.

　대형화된 녀석들이 없어 교전 자체는 수월했지만, 문제

는 체력이었다. 거의 30분에 가까운 시간을 쉴 새 없이 혈투를 치르다 보니 최전방에서 싸워야 했던 동원과 쌍둥이 형제의 체력이 급격하게 떨어졌다.

동원은 그나마 아직까진 버틸 만했지만, 찬성과 찬열은 연신 가쁜 숨을 토해내며 악으로 싸우고 있었다. 이유리도 쉴 새 없이 활시위를 당긴 탓인지 손가락 끝에서 피가 계속 흘러나오고 있었다.

그 와중에도 그녀는 묵묵히 계속 지원사격을 했다.

40 스피어.

동원이 회수한 파티 스피어의 총량이었다. 직전까지만 해도 0.5 스피어가 최대치였지만, 이번에는 대장급 몬스터를 잡을 때는 1스피어에서 많게는 3스피어까지 드랍됐다. 그래서 스피어의 크기가 동원이 보던 것의 2배에서 6배에 달했다.

그러다 보니 인식에 필요한 시간이 더 오래 걸렸고, 그래서 작은 몬스터들이 드랍한 스피어는 아예 회수할 생각조차 하지 못하고 있었다.

황찬성과 황찬열이 중간중간에 계속 손을 뻗어 회수를 해보려 했지만, 몬스터들은 집요하게 움직임을 막고 괴롭혔다. 2~3초의 여유도 최전방의 세 사람에게는 절대 나지 않는 시간이었다.

"하아. 하아. 하아."

"후우. 후우. 후우."

피터지게 치고받고 싸운 세 사람은 가쁜 숨을 몰아쉬고 있었다. 이미 동원은 회복 포션을 소모한 후였다. 아무리 효과적으로 역할을 분담해서 녀석들을 상대한다고 해도 빈틈이 존재할 수밖에 없었고, 그 과정에서 슈트 여기저기가 찢어져 나가며 부상을 입었다.

체력 수치가 별도로 관리되는 것은 아니지만 동원은 자신의 상태를 직관적으로 판단할 수 있었다.

동원이 회복 포션을 들이켠 것은 두 번째 단계의 패시브, 체력이 20% 이하로 저하되어 공격 능력과 공격 속도가 4배로 상승했을 때였다.

그때, 동원은 자신이 선택한 패시브의 효용성을 확실하게 느꼈다. 빨라진 움직임과 강해진 힘은 동원이 상대적으로 시간을 느리게 느끼도록 만들었고, 그 과정에서 몬스터들은 동원에게 손도 쓰지 못하고 농락당했다.

비록 패시브의 발동 조건이 매력적인 옵션일수록 그만큼 자신이 위험에 처해 있다는 반증이긴 했지만, 충분히 수세에 몰린 상황을 타개하기에 좋은 패시브였다.

"우오! 이 귀중한 것들을 멀뚱멀뚱 바라만 보고 있다니!

자네들이 안 챙긴다면 내가 챙기도록 하지! 그동안 충분하게들 챙긴 것 같으니 말이야."

남은 시간 25분.

30분을 넘게 계속된 웨이브가 멈췄다. 띠를 형성하며 파도치듯 계속 밀려오던 몬스터들이 보이지 않자, 그제야 김창식을 제외한 네 사람이 숨을 돌리는 중이었다.

길목 여기저기에 작은 몬스터들이 드랍한 스피어들이 널려 있었지만, 동원과 일행은 우선 숨부터 고를 요량으로 잠시 휴식을 취하고 있던 중이었다. 이 상태로 또다시 웨이브를 맞이하게 된다면, 그때는 정말 위험했기 때문이다. 지친 체력을 끌어올릴 필요가 있었다.

우웅. 우우웅. 우웅.

그때 세워 놓은 바리게이트에 몸을 반쯤 기댄 채로 휴식을 취하고 있던 동원은 지축이 흔들리는 것을 느꼈다. 동시에 길목 너머로 멀리 보이는 질퍽한 지면 아래에서 무언가가 꿈틀거리며 올라오는 것을 확인할 수 있었다.

우웅! 우웅!

지축의 흔들림은 더 심해졌고, 꽤 먼 거리에서 보였다고 생각했던 지면의 출렁임은 순식간에 거리를 좁혀 길목 앞까지 왔다.

그 과정까지 걸린 시간은 2초를 채 넘기지 않았다.

"빠져요! 지금 그걸 줍고 있을 시간이 아닙니다!"

본능적으로 위기를 직감한 동원이 김창식에게 소리쳤다.

지면 아래로 보이는 출렁임의 길이는 어림짐작으로만 봐도 10m는 족히 넘길 크기였다.

"그러게 아까 분배할 때 어떻게든 나를 포함시키든가 했어야지! 흐흐, 이건 전부 내가 갖도록 하지!"

하지만 김창식은 이미 널려 있는 스피어에 정신이 팔려 있었다. 얼추 보기에도 5~60 스피어의 값어치를 할 개수들이니 눈이 휘둥그레지는 것도 당연하리라.

전투 내내 뒤에서 열심히 입만 놀리던 그는 소강상태에 접어들자 기다렸다는 듯이 스피어를 챙기기 위해 달려들었고, 눈앞으로 닥쳐온 위기를 깨닫지 못하고 있었다.

저건 안 되겠다. 동원은 생각했다.

좋지 않은 예감은 항상 맞아떨어진다. 저 정도로 지면이 불룩하게 튀어나올 정도면, 몽골리안 데스웜 같은 정말 상상 이상의 동물이 나올 가능성이 컸다.

"길목 뒤로 쭉 빠지자!"

동원이 황찬성과 황찬열의 손을 잡아끌었다.

이유리를 향해도 고개를 끄덕이며 눈빛을 보냈다. 그러자 활에 매겨둔 화살을 거둬들이고는 이유리도 동원을 따라 디딤대에서 내려와 합류했다.

"후후. 이것만 갖다가 전부 바꿔도 5천만 원인가… 후아, 쓸 만하겠구만!"

김창식은 휘파람까지 불어가며 단꿈에 빠져 있었다.

이 세계, 정말 특이한 세계다. 돈을 벌기에 더할 나위 없이 좋은 곳이다. 이렇게 무임승차를 해도 별일도 없고, 자신의 얼굴이 잘 알려져 있다 보니 알아서들 설설 기는 느낌이다.

지축의 울림이야 아까부터도 있었다. 웨이브가 시작될 때마다 놈들이 몰려오고 지면이 들썩였기 때문이다. 괜히 겁주려고 하는 말이겠지.

[1 스피어가 감지되었습니다.]

[1 스피어를 획득하였습니다.]

"오오, 좋아!"

불과 3초만에 1스피어, 100만 원을 손에 넣었다. 그야말로 노다지다.

김창식이 바로 옆에 있던 스피어로 손을 뻗었다.

바로 그때.

부웅!

"어……?"

지면이 불룩하게 솟아오르며 김창식의 몸이 하늘 높이 솟구쳤다.

순식간에 벌어진 일이었다. 김창식이 자신에게 무슨 일이 벌어졌다는 사실을 알아차렸을 땐 이미 최고점을 찍은 자신의 몸이 지면을 향해 낙하하고 있었다.

캬아아아아아아아아!

그리고 김창식의 얼굴색이 새하얗게 변했다.

내려다본 지면에는 질퍽질퍽했던 진흙탕이 아닌, 매섭게 거대한 입을 벌리고 있는 정체불명의 생명체가 자리하고 있었다.

[1 스피어가 감지되었습니다.]

[1 스피어를 획득하였습니다.]

"아."

짧고 굵은 김창식의 탄성이 터져 나왔다.

손에 들려 있는 1 스피어 구체. 그리고 뜬금없이 출력되는 획득 메시지.

김창식의 보유 스피어 숫자가 1에서 2로 바뀌어 출력되는 순간, 이미 김창식의 몸은 거대한 입속으로 빨려 들어가 있었다.

우적! 우적우적!

와드득! 오드득! 빠드득!

"빠지자."

눈앞에서 김창식이 한 끼 식사 거리로 전락한 모습을 본 동원이 일행을 모두 뒤로 물렸다.

지금이 바로 첫 번째 방어선을 포기하고 후퇴할 시간이었다.

제11장
데스 웜

"끄아아아아!"

"아아아아아악!"

데스 웜.

동원은 몸길이가 10m에 달하는 녀석의 이름을 그렇게 불렀다. 공격 패턴이라고 해봤자 육중한 몸을 휘저으며, 전면에 달린 거대한 입으로 삼키는 것이었지만 그것만으로도 희생자가 발생했다.

북쪽에선 김창식이 죽었고, 동쪽과 남쪽 그리고 서쪽에서도 각각 2명의 희생자가 발생했다. 순식간에 20명의 총원이 13명으로 줄어든 것이다.

그 발단은 스피어에 대한 욕심 때문이었다. 전장에 보란 듯이 널려 있는 스피어의 유혹을 뿌리치지 못한 사람들은 여지없이 죽음을 맞이했다.

전투 과정에서 동원처럼 대장급 몬스터가 드랍한 스피어만 챙긴 다른 사람들은 무사했지만, 김창식처럼 추가로 스피어를 획득하기 위해 욕심을 부렸던 사람들은 모두 죽었다. 잠깐의 욕심에 대한 대가치고는 참혹한 결과였다.

스피어 안에서의 죽음은 곧 현실에서의 죽음을 의미한다고 했다. 동원은 데스웜의 먹잇감이 되어 숨이 끊어져 버린 김창식이 현실에서 어떻게 되었을지 궁금했다.

그의 죽음에 안타까움이나 연민 같은 것은 없었다. 자업자득이다. 살아남는 것이 그 무엇보다도 중요한 이곳에서 다른 것에 눈을 돌렸을 때 이미 죽음은 예견된 일이었다. 좀 더 빨리 찾아온 것일 뿐.

데스웜의 등장으로 길목에 구축했던 방어선은 허망하게 무너지고 말았다.

사방에서 총 네 마리의 데스웜이 길목을 넘었고, 그 뒤를 이어 상당히 많은 수의 미니웜(Mini Worm)들이 쇄도했다.

지금까지의 몬스터들이 전부 신체의 일부를 무기로 삼아 공격을 해오는 형태였다면, 미니웜은 달랐다.

거대한 입을 이용해 빨아들이고 씹어 먹는 데스웜과 달리 미니웜은 최대한 가까이 접근한 뒤, 몸을 순식간에 부풀린 다음 폭탄처럼 터졌다.

그때마다 보랏빛의 체액이 사방으로 비산했는데, 이 체액들은 산성이 매우 강했다. 게다가 미니웜들은 데스웜들이 물어뜯고 뱉어버린 희생자들의 남은 신체를 게걸스럽게 먹어 치웠다.

이것은 즉, 미니웜에 의해 상처를 입거나 움직이지 못하게 되면 여지없이 수많은 미니웜의 먹잇감이 될 것이라는 사실을 증명해 주는 것이었다.

"야, 저 새끼. 잘 뒤졌다. 연예에 관심이 없는 나도 저 새끼 면상은 알았으니까… 얼마나 쓰레기 같은 새끼인지 형도 알잖아?"

"야, 그래도 사람이 죽었는데……."

"성직자처럼 굴지 마세요, 황찬성 씨. 형도 저 사람 못마땅해 했잖아. 우리가 죽인 거야? 아니야. 자기가 죽으러 들어간 거지. 우리를 위해서? 아니야. 자기 욕심 채우러 들어갔다가 죽은 거야. 못 할 말이 뭐가 있어?"

"집중하자. 아직 끝나지 않았어."

동원이 김창식의 죽음으로 살짝 격앙된 쌍둥이 형제의 감정을 환기시켰다.

"고생하셨어요, 동원 씨."

"아니에요, 제가 칭찬받을 상황은 아닙니다. 저 친구들이 고생했죠. 화살은 여분이 충분히 되시나요?"

이유리는 어느새 자신의 옆에서 함께 달리고 있었다.

동원은 몇 대 남지 않은 이유리의 화살통을 보았다. 아까부터 계속 사용할 때마다 충전이 되는 것 같아 보였는데, 얼마나 여분이 남아 있는지는 알 수 없었다.

"아직 충분해요. 두 대 정도 남으면 화살이 재충전되니까. 1 스피어에 1,000대 쓸 수 있으니 나쁘진 않아요."

이유리가 고개를 끄덕였다.

화살의 개수만 놓고 보면 적은 것은 아니지만 결국 화살은 소모성이기 때문에 아쉽기는 했다. 활과 화살이 일체로 구성되어 무한정 화살을 공급해 줬다면 좋았겠지만 스피어가 그 정도로 무한한 배려를 해줄 것 같지는 않아 보인다.

"후우……."

동원이 길게 숨을 내쉬었다.

이번 방어전은 첫 번째 퀘스트와는 차원이 다른 전투였다. 단 한 번도 쉴 새가 없었다. 계속해서 몸을 움직여야 했고, 이미 몸 전체는 몬스터들이 내뱉은 체액과 피로 흥건해져 있었다.

동원은 새삼 자신이 평소에 꾸준히 운동을 해오면서 갈고닦아 둔 체력이 요긴하게 쓰이고 있음을 느꼈다. 약육강식. 지금 이 사자성어만큼 여실히 몸에 와 닿는 단어도 없었다.

　단계적인 후퇴가 이루어졌다.

　미리 약속된 플레이는 아니었지만, 각 방향의 수비를 담당한 리더들은 섬의 중앙에 있는 빌딩으로 퇴각하기에 앞서 중간중간에 위치한 작은 건물들을 적극적으로 활용했다.

　이유는 간단했다.

　데스웜보다 더 위협적으로 다가오는 미니웜들을 조기에 털어내기 위해서였다.

　데스웜들은 아스팔트로 포장된 섬 내부로 들어오면서 지면을 파고들었다가 나오는 식의 잠입 공격은 하지 못하는 것 같아 보였다. 덕분에 기동성이 크게 떨어졌다. 그러는 사이 뒤에서 오던 미니웜 무리가 데스웜을 추월했고, 이미 교전이 펼쳐지는 중이었다.

　놈들은 자폭을 무기 삼아 달려들었기 때문에 회피하고 거리를 벌리는 것이 가장 중요했다. 치명상을 입으면 살구빛의 몸이 점점 붉게 변하다가 종국에는 보라색으로 변하면서 터졌다.

그 시간이 약 3초 정도 됐는데, 그래서 유효한 타격을 입히고 나면 녀석에게서는 최대한 떨어져야 했다.

펑! 퍼펑! 펑!

여기저기서 폭죽놀이가 이어졌다.

일행 중에서도 가장 뒤로 빠진 이유리는 다시 위치를 잡고, 미니웜들을 차분하게 잡아 나갔다.

황찬성과 황찬열은 아예 배구를 하듯 달려드는 미니웜의 폭발 시간을 예측해 가며 서로에게 토스해 주고 건물 뒤편으로 날려 터뜨려 버렸다.

동원은 자신을 노리는 미니웜들의 도약 공격을 좌우로 요리조리 피해가며, 말랑말랑한 복부에 너클을 깊숙이 쑤셔 넣고는 현장을 빠져나오며 공격을 피했다.

사방에서 미니웜들이 터져 나갈 때마다 스피어가 눈처럼 떨어져 내렸지만, 애석하게도 이 스피어들은 절대 주워서는 안 되는 것들이었다.

이미 여기저기에 수북하게 스피어들이 쌓여 있었지만, 주워서 인식시키기 위해 필요한 잠깐의 시간이 부족했다.

"끄아아아악!"

그 무렵, 서쪽 팀에서 또 한 번 비명 소리가 들려왔다. 추가 희생자가 발생한 것이다.

희생자가 막간의 틈을 이용해 스피어를 주우려다가 머리에 미니웜이 달라붙었고, 이를 떼어내지 못한 것이다. 결국 미니웜이 폭발하는 순간 얼굴 위쪽이 반쯤 날아가며 그 안의 뼈가 녹아내리기 시작했다.

비명은 그나마 형태가 제대로 남아 있던 입에서 마지막으로 터져 나온 생존신호였다.

효과적으로 지형을 이용하고 능숙하게 대처한 덕분에 미니웜들의 수는 빠르게 줄어들어 갔다. 미니웜들도 데스웜처럼 입과 날카로운 이빨이 달려 있기는 했지만, 치명상을 입힐 정도의 크기는 아니었다.

캬아아아아아아!

하지만 꾸역꾸역 거리를 좁힌 데스웜들이 어느새 건물들을 하나씩 잠식해 가고 있었다.

육중한 몸집이 건물을 이리저리 밀칠 때마다 외벽이 힘없이 무너져 내렸다. 그나마 믿을 만한 것은 섬 중앙에 있는 빌딩이었다. 현재 동원의 주변에 있는 작은 1~2층짜리 건물들은 시간을 지연시켜 줄 뿐, 그 이상의 효과가 없었다.

하지만 아직 남은 시간이 15분가량 됐다. 시간을 좀 더 끌 필요가 있었다. 빌딩은 최후의 보루였다. 사방에서 데스웜이 오고 있었기 때문에 한쪽 방향을 향해 도망치는 것도

의미가 없었다.

"시간을 좀 더 끌어야 됩니다!"

동원이 소리쳤다.

이제는 제법 각 팀 간의 거리가 줄어들어서 소리치면 의사소통이 가능할 정도는 됐던 것이다.

"다른 쪽 가능하겠습니까? 우리 쪽은 좀 더 공격적으로 밀어붙여 보겠습니다! 머리를 좀 써보죠!"

동쪽 팀의 정훈이 외쳤다.

그 순간, 동원은 머릿속을 스치듯 지나간 생각에 매섭게 눈빛을 반짝였다.

바로 미니웜이었다. 존재 그 자체가 폭탄과도 같은 녀석들. 정해진 조건만 갖추어지면, 이유를 불문하고 터지는 녀석들이다.

계속해서 후퇴로 일관할 필요가 없다고 여겨졌다. 미니웜이 스피어 속의 사람들에게 위협적인 존재라면, 그건 데스웜에게도 마찬가지였다. 질긴 외피를 가지고 있다고 해도 결국은 데스웜도 생물이었다.

"작은 지렁이들을 이용합시다! 이놈들을 이용해서 큰 지렁이를 처리할 수 있습니다!"

미니웜, 데스웜에 대한 것은 동원의 개인적인 명칭이었기 때문에 이해하기 좋게 풀어 말했다.

"우리 쪽도 그럼 그렇게 가죠!"

동원의 말에 남쪽 팀의 신정철이 동의하고.

"도망치는 것만 생각했더니, 가장 좋은 방법을 잊고 있었군!"

서쪽 팀에서도 답이 왔다.

"찬성, 찬열! 슈트 특수 능력은 소진된 거야?"

"아뇨! 남아 있습니다."

"아직 안 빠졌죠!"

치명상으로 연결될 수 있는 피해에 대해 1회 막아줄 수 있는 심플 슈트의 능력도 모두에게 동일하게 남아 있었다.

"유리 씨는?"

"저도 남아 있어요. 걱정 마세요."

모두 약속이나 한 것처럼 슈트를 착용하고 있다.

아마 본능적인 직감으로 구입했을 것이다. 자신의 목숨을 단 한 번이라도 지켜줄 수 있는 방어구가 있어야 한다는 것을. 그건 누가 알려줘서 아는 것이 아니라, 스스로 느끼는 것이었다.

"그럼 저 잔챙이들로 큰 놈을 잡자. 어차피 큰 지렁이들을 상대로는 빌딩도 큰 의미가 없어. 시간을 좀 더 지연해줄 수 있을 뿐이야. 안전한 은신처가 아니니까!"

동원이 방향을 틀어 데스윔을 향해 달려가기 시작했다.

그러자 기세 좋게 뒤를 쫓던 미니웜들이 고개를 돌려 동원에게로 일제히 시선을 향했다.

꾸우욱! 꾸우우욱!

영악해진 놈들은 미리 몸을 터뜨릴 준비를 한다.

1초 정도의 시간이 지나면 몸을 날릴 것이고, 날아오면서 1초 정도의 시간이 소진된다. 그리고 남은 1초 안에 터지게 되는 것이다.

바라던 바였다. 동원은 미니웜들 사이를 누비고 다니며 놈들을 잔뜩 도발했다.

쿠와아아아아아아아!

허공에 몸을 힘껏 들어 올린 데스웜이 걸쭉한 침을 흘리며 동원을 향해 내리찍을 준비를 했다. 저 공격은 치명상을 입을 수 있어서 위험한 게 아니다. 압사, 깔려 죽기 때문에 위험한 공격이다.

뒤로는 거대한 데스웜이 몸집이 내려오고 있고 앞에선 미니웜들의 폭발이 이어지려 하고 있다.

둘.

아직까지 뒤로는 여유가 있다. 살기를 가득 머금은 눈앞의 미니웜들이 몸을 잔뜩 웅크린 다음 도약할 준비를 한다.

하나.

"홋차!"

동원이 몸을 날렸다.

조금 이른 감이 있었지만, 여기서 더 늦었다가는 재수 없으면 깔리면서 터져 죽는다. 늦은 것과 빠른 것이 있다면, 후자가 좀 더 낫다는 것을 동원은 잘 알고 있었다.

쿠우웅!

"크윽!"

데스웜의 탐욕스런 얼굴이 통째로 지면을 들이받았다. 와득, 하는 소리가 데스웜에게서 났다. 얼굴을 들이받으면서 동시에 입을 다물어 버린 것이다. 맛 좋은 먹잇감이 순식간에 빠져나갈 것이란 생각은 하지 않은 채.

펑! 펑! 펑! 펑!

크와아아아아아아악!

기분 좋게 식사를 이어갈 거라 생각했던 데스웜의 입질은 수포로 돌아가고, 돌려받은 것은 대장도 알아보지 못하고 냅다 몸을 들이받고 터져 버린 미니웜들의 체액이었다.

치이이이이익—

한 번에 수십 마리의 미니웜들이 머리 근처에서 뒤엉켜 터져 버리자, 데스웜의 외피가 사라지며 연한 살점이 드러났다.

퍼펑! 펑!

그러는 사이 찬성, 찬열 형제는 데스웜의 꼬리 부분을 노리고 있었다.

미니웜의 준비부터 폭발까지 3초가량의 딜레이가 있다는 것은 두 사람도 전투 중에 파악을 했다.

"이거나 먹어라, 이 새끼야!"

두 형제는 아예 미니웜들을 데스웜의 몸 여기저기로 난사하듯 던졌다. 마치 수류탄을 던지듯 외피를 움켜쥐고 주먹을 퍽 내려찍으면 녀석들은 자동으로 터질 준비를 했다. 그리고 대충 포물선을 그리게 던져 놓으면 알아서 공중에서 폭발하며 육중한 데스웜의 외피 위로 체액을 쏟아냈던 것이다.

푸욱! 푸욱! 푸욱!

이유리가 속사로 날린 화살이 데스웜의 살점을 파고들며 깊은 상처를 냈다. 머리 위에서 미니웜들이 터져 나간 탓에 데스웜은 머리가 반쯤 잘려져 덜렁거리고 있었다.

터억!

동원은 방향을 잃고 주변을 두리번거리고 있는 미니웜 하나를 움켜쥐었다.

푸욱! 키헥!

너클을 몸에 쑤셔 넣자, 몸 색깔이 변하며 바로 터질 준비에 들어간다.

동원은 이리저리 몸을 바둥거리는 데스웜의 머리 위로

단숨에 몸을 날린 뒤, 2초짜리 시한폭탄이 된 미니웜 하나를 상처 안으로 깊숙하게 밀어 넣었다.

그리고 펑! 하는 소리와 함께 데스웜의 너덜거리던 머리 위쪽이 그대로 잘려져 나갔다.

퀴아아아아아아악!

떨어져 나온 데스웜의 머리가 비명을 내질렀다.

동시에 머리를 잃은 몸이 좌우로 몸을 비틀며, 걸쭉한 체액들을 사방으로 쏟아냈다.

촤륵!

이것까진 동원도 피할 수 없었다.

상상을 초월할 만큼 엄청난 양의 데스웜의 체액이 허공으로 비산하면서, 근처에 있던 동원과 쌍둥이 형제를 비롯해 이유리까지 체액을 뒤집어썼다.

[심플 슈트의 능력이 소진되었습니다. 특수 능력 사용이 불가능해집니다.]

"……."

출력되는 시온의 메시지.

동원은 방금 전 자신이 뒤집어쓴 데스웜의 체액이 단순한 체액이 아니라 다량의 산성액이었다는 사실을 그제야 알아차릴 수 있었다.

동시에 쌍둥이 형제, 그리고 이유리와 시선이 교차했다.

서로가 서로에게 다행이라는 눈빛을 무언으로 보내고 있었다. 슈트가 없었다면 녹아 없어져 죽었을 일격이었다.

"뒤끝이 장난이 아닌데."

동원이 이마를 타고 흘러내리는 땀을 닦아냈다.

꼬리나 머리가 잘려도 살 수 있는 일반 지렁이와 달리, 데스웜은 머리가 잘려 나가자 더 이상 움직이지 못했다. 신경이 아직 살아 있는 몸통은 꿈틀거리기는 했지만, 그것이 전부였다.

이내 데스웜이 있던 자리에 거대한 스피어가 생겨났다.

동원이 바로 손을 얹었다. 미니웜들의 수도 상당히 줄어 있었고, 여유가 있었기 때문이다.

[40 스피어가 감지되었습니다.]

[40 스피어를 획득하였습니다.]

파티 스피어에 추가로 40 스피어가 주어졌다. 개인당 10 스피어씩 분배될 양이었다. 심플 슈트 하나가 날아갔으니 5 스피어는 제해야겠지만, 그래도 남는 장사였다.

무엇보다 목숨을 잃지 않았다는 것이 컸다. 구매할 때만 해도 심플 슈트의 5 스피어라는 가격에 망설여졌던 게 사실이지만 이렇게 된 이상 심플 슈트의 가치는 확실해진 것이다. 필수품이었다.

"지원을 갈까요?"

황찬성이 물었다. 북쪽은 상황 정리였다.

대장 역할을 하던 데스웜이 죽자 함께 왔던 미니웜들이 썰물처럼 빠져나가고 있었다.

"잠깐."

하지만 동원의 시선은 다른 곳으로 향하고 있었다.

[N—정해진 시간 동안 방어전을 수행—ㅁㅁ:ㅁ5:2ㅁ]

남은 시간은 약 5분.

데스웜이 죽었다고 해서 끝나기에는 뭔가 애매한 시간이었다. 동원은 웨이브가 한 번 더 있지 않을까 생각했다. 물론 자신의 생각이 맞지 않길 바랐다.

휘이이이이—

길목 너머에서 다시금 모래바람이 불고 있었다.

그리고 2.0의 선명한 시력을 가진 동원의 시야로 무언가가 보이기 시작했다.

"……."

동원이 입술을 질끈 깨물었다.

역시 끝난 게 아니었다. 또 한 번의 웨이브. 이번에는 그 수가 너무 많아 숫자를 가늠조차 해볼 수 없는 엄청난 수의 생명체들이 움직이고 있었다.

그동안 상대했던 몬스터들은 지구의 동물들을 연상케 하는 유사한 외형을 가진 것들이었지만 이번에는 달랐다. 기억을 끄집어낸다면, 2000년대 초 대유행했던 게임인 스타크래프트의 저글링을 흡사하게 닮은 녀석들이었다.

저 멀리 펼쳐져 있는 모래 언덕을 넘어와 최고점을 찍은 녀석들은 빠른 속도로 섬을 향해 달려오고 있었다.

"전부 빠지십시오! 뒤에 웨이브가 하나 더 있습니다!"

동원이 소리쳤다.

수백이라는 단어로도 표현할 수 없는 숫자. 날카로운 집게발 2쌍과 신속한 보행을 위한 다리가 2쌍 달려 있는 녀석들은 동원으로서도 엄두가 나지 않는 적이었다.

생존자 열둘.

동원의 지시에 나머지 동료들은 뒤도 돌아보지 않고 달리기 시작했다. 그들의 시야에서도 이미 녀석들의 모습이 보이고 있었기 때문이다.

남은 건물은 섬 중앙에 위치한 반파된 빌딩이 전부였다. 가장 꼭대기로 남아 있는 5층이 최후의 보루였다.

"달려요! 5층까지 계속 올라가요! 시간을 벌어야 됩니다!"

이제부터는 시간과의 싸움이었다.

교전은 무의미하다. 상대가 되지 않는다.

샤아아.

동원이 가장 위험한 순간, 혹은 수세에 몰린 상황에서 쓰려했던 중력 폭탄을 꺼냈다. 머릿속으로 떠올리니 자연스럽게 손에 쥐어졌다.

수류탄과 유사한 구조로 되어 있어 사용법은 달리 알아볼 필요가 없어 보였다.

풍덩! 풍덩!

키에에에에엑!

놈들은 건너올 수 있는 길목이 있음에도 워낙에 많은 수가 몰리자 반강제적으로 물 위로 뛰어들었다. 그 위를 다른 녀석들이 밟고 지나가고, 그러는 사이 물속에 잠겨 숨을 못 쉬게 된 놈들의 시체가 여기저기서 떠올랐다.

저게 다 스피어고 돈인데. 동원은 찰나의 시간에 사방에서 생성되는 녀석들의 시신과 그 위로 만들어지는 스피어의 향연에 아쉬운 표정을 지었다.

지금까지 살아오면서도 돈 몇 푼 못 번다고 해서 아쉬웠던 적이 없었는데, 스피어는 정말 한 개 한 개가 너무나도 귀하고 소중했다. 김창식처럼 앞뒤 가리지 않는 것은 아니지만.

제12장
처절한 카운트다운

하아하아. 후우후우. 헉헉헉.

저마다 특색 있게 토해내는 뜨거운 숨결이 로비에서 건물 5층으로 향하는 복도 안을 가득 메웠다.

그 와중에 희생자 두 명이 더해져 생존자는 참가자의 절반인 열 명으로 줄어 있었다.

희생자 둘은 서쪽 팀에서 나왔는데, 두 사람의 마지막 모습을 보았던 동원은 안타까운 마음에 한숨을 내쉬고 있었다. 이동하는 과정에서 돌부리에 걸려 넘어지는 바람에 놈들의 맛 좋은 먹이가 되고 만 것이다.

1분의 벽이 깨졌다.

죽어라 달린 덕분에 어떻게든 5층에 도착하는 것에는 성공했다. 놈들이 선택할 수 있는 통로는 비상계단뿐이었기에 그 위로 때려 넣을 수 있는 모든 집기들을 다 때려 넣어둔 상태였다.

"씨발, 빌어먹을, 개좆같은!"

정훈이 욕을 내뱉었다. 이곳은 지옥이었다. 그나마 북쪽 팀의 동원은 큰 지렁이라도 잡았지만 자신은 아니었다. 가장 고전할 것이라 생각했던 팀이 성과가 가장 좋았다.

자신의 팀은 희생자만 세 명이 나온 데다가, 데스웜도 제대로 처리가 되지 않았다. 그래서 동쪽 방향에서는 다른 곳과 달리 지금도 데스웜이 스물스물 기어와 건물 입구까지 도착해 있는 상태였다.

캬아아악! 캬아아아악!

녀석들의 고성이 통로를 타고 5층으로 전해져 올라왔다. 다행히 대형화된 녀석이 없어 건물을 무너뜨릴 정도는 아니었다. 하지만 그렇다고 몸집이 작은 것은 아니었기에 좁게 만들어진 통로는 녀석들이 쉬이 들어설 수 없게 만들었다.

"……."

동원은 입을 다문 채 중력 폭탄을 손에 꼭 쥐고 있었다.
변수는 언제 어디서 발생할지 모른다.

　키이이이익!

　그때, 통로 쪽이 아닌 건물 외벽 쪽에서 시끌시끌한 괴성
이 점점 귓가를 강하게 때려오기 시작했다. 소리가 점점 커
지고 있었다.

　"동쪽!"

　동원이 동쪽을 가리키며 뛰었다.

　쿠웅!

　"크윽!"

　그 순간, 거대한 충격이 건물 전체에 일었다. 동원은 그
와중에도 중심을 잡으며 몸을 움직였다. 그리고 외벽 너머,
그 아래로 보이는 광경을 확인했을 때.

　동원은 망설일 것 없이 중력 폭탄의 안전핀을 뽑을 준비
를 했다. 데스윕이 건물 한가운데에 머리를 처박은 채 지상
에 있던 놈들의 발판 역할을 하고 있었기 때문이다.

　이미 건물 외곽을 새까맣게 메운 녀석들은 데스윕의 등
판을 다리 삼아 빠르게 건물을 오르고 있었다.

　끼에에에엑! 끼에에에엑!

　놈들은 비 오듯 좌우로 떨어져 내리면서도 계속 빈틈을
메우고 메워 빌딩 3층, 4층까지 발판을 만들었다. 외벽을

움켜쥐고 버티고 있으면 다른 한 놈이 몸을 날려 그 위에 발판을 형성하는 식이었다.

"모두 준비해요!"

"아아아아, 씨바아아아아아아알!"

정훈의 욕이 걸쭉하게 터져 나왔다. 자신이 맡았던 동쪽에서 결국 사단이 난 것이다.

"하느님, 제발⋯⋯."

저마다의 무기를 움켜쥔 사람들은 모두 동원의 뒷모습만 뚫어져라 쳐다보고 있었다. 가장 최전방에서 상황을 보고 있었으니까.

시종일관 차분한 표정으로 움직여왔던 이유리의 얼굴에도 당황한 기색이 역력했다. 그녀의 체력도 바닥을 드러낸 지 오래였다. 이제는 한계였다.

"스피어⋯ 대체 네가 원하는 게 뭘까."

동원의 두 눈빛이 차갑게 물들었다. 수많은 사람이 지금 이 순간에 자신이 모르는 곳에서 이렇게 단체 퀘스트를 수행하다가 죽어가고 있을 것이다.

희생을 치러야 할 정도로 지금의 이 일들이 값어치가 있는 것인가? 그렇다면 왜? 누구를 위해? 우리를 위해? 동원은 속 시원하게 답을 듣고 싶었다.

동원은 튜토리얼을 치르면서 자연스럽게 스피어의 세계

에 적응하고, 그 목적에 충실해져 버린 자신이 한편으론 무섭게 느껴졌다.

자신의 모든 생각은 스피어에 맞춰져 있었다. 하나부터 열까지.

키캭! 키캬캬캭! 캬캬캬캬캬캭!

그러는 사이 4층도 어느새 놈들의 몸뚱이로 가득 메워졌다. 5층으로 향하는 나머지 공간의 절반이 순식간에 메워지고.

키혜에에엑!

동족의 등판을 밟고 몸을 날린 한 놈이 드디어 동원의 정면에서 모습을 드러냈다.

찢고 물어뜯는 것에 특화된 신체 구조. 이놈들은 살인 병기였다. 오로지 자신들을 죽이기 위해 만들어진 괴물들이었다.

퍼억!

케헥!

애석하게도 첫 번째로 5층에 모습을 드러낸 녀석의 최후는 좋지 못했다. 동원의 펀치를 정면으로 맞은 놈은 포물선을 그리며 날아가 건물 밖으로 떨어졌다.

[N─정해진 시간 동안 방어전을 수행─ㅁㅁ:ㅁㅁ:2ㅁ]

남은 시간 20초.

"전부 뒤로 빠질 준비해요. 내가 소리치면 통로로 뛰어 들어가요!"

"어디로 도망가라고요?"

남쪽 팀의 리더였던 신정철이 되물었다.

"나한테 생각이 있으니까, 소리치면 바로 뛰어요! 이놈들 이랑 교전은 의미 없습니다!"

"뭐가 있는데 그렇습니까?"

"중력 폭탄!"

신정철의 질문에 돌아온 동원의 답은 다른 팀원들을 모두 놀라게 하는 것이었다.

아무도 주목하지도, 필요성을 느끼지도 못했던 물품이었다. 가격도 3 스피어로 결코 적은 것이 아니었다. 하지만 동원에게 있었던 것이다.

17초.

또다시 한 놈이 공중으로 뛰어올랐다.

푸욱!

이번에는 이유리의 화살이 정확히 명중하여 녀석을 내려보냈다. 하지만 그사이 드디어 집요하게 탑을 쌓던 녀석들의 최종 라인이 5층에 닿았다.

다음으로 타고 올라오는 녀석들은 이제 무주공산이 될 5층으로 바로 진입할 수 있었다.

15초.

캬아아아아아!

제1대가 모습을 드러냈다.

"뛰어요!"

동원이 소리치며 동시에 달리기 시작했다. 그러자 계속
해서 뒷걸음질 치던 파티원들이 빠르게 통로 안쪽으로 들
어서기 시작했다.

통로 4층 쪽에서도 괴성이 들려오고 있었다. 기어코 통
로에 몸을 쑤셔 넣고 들어온 몇몇 녀석이 계단을 비집고 올
라와 버둥거리고 있었던 것이다.

13초.

제2대, 제3대, 제4대가 연이어 5층으로 진입했다. 동원은
일행의 최후방에 있었다.

팅—

안전핀이 풀리고, 동원이 뒤를 돌아보았다. 어느덧 10m
앞까지 접근해 온 놈들의 모습이 보였다.

"동원 씨, 빨리요!"

"형님, 어서 달리십시오!"

이유리와 황찬성이 동시에 소리쳤다. 시간을 끌기 위한
안배인 것은 두 사람 모두 알고 있었지만, 너무나도 아슬아
슬한 상황이었다.

12초.

동원이 전력 질주하던 몸을 통로 쪽으로 날렸다. 떨어지면서 입을지도 모르는 부상은 신경 쓰지 않았다.

팅. 팅. 핑그르르.

그사이 바닥에 떨어진 중력 폭탄이 동원이 생각했던 위치로 굴러가 떨어졌다.

11초.

퍼어엉!

중력 폭탄이 터졌다.

그 순간 지름 11m의 반원형 공간이 생겨났다.

청록빛의 중력 강화 공간이었다.

8.5배로 강화된 중력은 기세 좋게 동원의 뒤를 추적하던 놈들의 몸을 급격히 아래로 잡아끌었다.

켁! 크켁!

우드드득! 와드드드득!

중력의 힘에 묶인 녀석들의 다리 관절과 뼈마디가 부러져 나가며, 납작하게 눌린 고기처럼 지면에 들러붙기 시작했다.

뒤를 이어 들어오던 후발대들도 운명은 같았다.

통로로 향하는 길목을 사각 없이 메꿔 버린 강한 중력의 공간은 놈들을 움직이지 못하게 만들었고, 완벽하게 시간을 벌어주었다.

8초. 6초. 4초. 3초.

그러는 사이 시간이 흘러가고.

동원이 통로로 들어서기 위해 반드시 열고 들어와야 하는 문 앞에 섰다.

문은 반쯤 열려 있었다. 그리고 언제든 닫을 수 있게 동원이 반대쪽 문고리를 꽉 움켜쥐고 있었다.

2초.

청록빛 중력장이 연해지고 있었다.

지속 시간은 10초이기 때문에, 1초가 남는다.

1초.

쿠웅!

폭음과 함께 강화된 중력장의 공간이 깨져 나갔다.

캬아아아!

그리고 뒤에서 대기하고 있던 한 녀석이 동원을 향해 탐욕스런 이빨을 드러내며 그대로 몸을 날렸다.

"…끝이다."

콰앙!

동원이 철문을 힘껏 닫았다.

그리고.

모든 시간이 멈췄다.

동시에 공간이 일그러지고 있었다.

지옥과도 같았던 악몽의 단체 퀘스트가 끝난 것이다.

[N—정해진 시간 동안 방어전을 수행—ㅁㅁ:ㅁㅁ:ㅁㅁ]

"……."

안내 메시지는 완료된 시간을 무심하게 출력해 내고 있었다. 마치 아무 일도 없었던 것처럼.

[3ㅁ초 후에 이동이 시작됩니다. 파티 스피어 창 형성에 따라, 각 파티별로 이동이 이루어집니다. 3ㅁ초간의 대기 시간 동안 경계선 안의 공간에서 휴식이 가능합니다.]

안내 메시지가 한 번 더 이어졌다.

그러자 열 명이 뭉쳐 있는 통로 근처에 붉은 선이 형성됐다. 방금 전까지 철문이 있던 자리는 어느새 검은색으로 칠해진 벽이 되어 사라졌다.

"하아… 정말 큰 신세를 졌군요. 소회를 나눌 시간이 30초밖에 없다니. 잔인하기 그지없네."

먼저 인사를 건넨 것은 신정철이었다. 그는 동원의 손을 꽉 맞잡고는 감사의 인사를 전했다.

"저 때문에 남은 아홉 분이 고생이 많았군요. 면목 없게 됐습니다. 이럴 생각은 아니었지만……."

정훈의 눈시울은 어느새 붉어져 있었다. 살아 있다는 안도감과 동시에 함께했던 동료들을 잃은 것에 대한 분함 때문이었다.

"고생하셨어요."

"모두 고생하셨습니다. 살아남은 것만 생각합시다. 아직 갈 길이 멀어요."

"고생하셨습니다."

모두가 서로에게 격려의 말을 전했다. 신정철은 애써 목숨을 잃은 사람들에 대한 기억을 잊으려는 듯 고개를 털어 냈다. 그의 말대로 산 사람은 산 사람대로의 삶을 살아야 했다. 죄책감은 아무것도 해결해 주지 못한다.

"다시 만날 날이 있겠죠? 여기 계신 분들……."

신정철이 아쉬운 듯 말끝을 흐렸다. 특히 그의 시선은 동원에게 고정되어 있었다.

처음부터 끝까지 동원과 그의 일행들은 거침없이, 가장 완벽하게 싸웠다. 다른 라인보다 1명이 부족한 상황임에도 불구하고 말이다.

"좁은 대한민국 땅덩어리 아닙니까. 꼭 만나죠."

다른 동료가 말을 이었다. 동원은 이름을 기억하지 못하는 다른 라인의 사람이었다.

[5초 후에 이동이 시작됩니다.]

"후아, 모두 수고하셨습니다!"

황찬성이 소리쳤다. 모든 사람들과 소회를 나누기에 30초는 너무 짧았다. 하지만 스피어에게 이 아쉬움을 달랠 시간의 배려를 바라는 것은 사치이리라.

"여러분들을 만나서 다행입니다. 다시 만날 그날을 기다리겠습니다."

동원이 천천히 허리를 숙이며 공손하게 작별인사를 건넸다. 처음으로 함께 단체 퀘스트를 한 사람들이었다. 기회가 닿는다면 꼭 다시 만나고 싶었다.

[이동됩니다.]

30초의 시간이 흐르자 지체 없이 이동이 이루어졌다. 이제 파티 스피어 형성에 따라, 개별 파티 관계로 묶여 있던 동원 일행이 이동될 차례였다.

파팟. 팟.

소환음과 함께 동원과 일행이 이동한 곳은 스타팅 포인트, 선택의 통로였다. 다만 단체 공간에 알맞게 평소보다는 좀 넓게 구성되어 있었다.

[분배 종료까지 ㅁㅁ:5ㅋ:55 남았습니다.]

메시지가 출력된다. 그리고 동원의 뒤에 자연스럽게 시온이 생겨났다. 동시에 황찬성 형제와 이유리의 곁에도 안내자의 역할을 하는 홀로그램들이 형성됐는데, 각자 모습이 달랐다.

"아, 이거… 공개예요? 좀 민망하게 됐는데."

황찬열이 머리를 긁적였다. 서로의 안내자가 보였기 때문이다. 동원의 안내자인 시온은 마른 체형의 소녀 같은 모습이라 다들 저런 모습을 원하겠구나 할 수 있는 모습이었다.

하지만 황찬열의 안내자는 조금 달랐다. 흔히 거유라고 표현하는 매우 글래머러스한 가슴에 그나마 복색도 중요한 부분만 겨우 가린 비키니 차림이었기 때문이다.

황찬성의 안내자는 걸그룹 멤버의 모습을 하고 있고, 이유리의 안내자가 잘생긴 남자 연예인의 모습을 하고 있는 점으로 미루어볼 때, 아주 극단적인 광경이기도 했다.

"그럴 수… 도 있죠. 이해해요. 취향은 각자 다르니까…….."

"아니, 이런 건 이해를 받아도 좀 그런데? 으음, 단체 미션은 이게 안 좋군요?"

황찬열이 얼굴을 붉혔다. 나름 무게를 잡고 진중한 이미지를 구축해 왔다고 생각했던 자신에게 뼈아픈 사생활 공개였다.

"이동은 여기서 인사를 나누고 난 다음이라는 것 같습니다. 미라가 그렇게 안내를 해주네요."

황찬성의 말에 동원가 이유리가 고개를 끄덕였다. 황찬

성의 안내자가 인기 걸그룹의 멤버 '미라'의 모습을 하고 있어 이름을 미라로 붙인 모양이었다.

그렇다면 이 자리는 치열한 전투를 마치고 난 다음, 서로에 대한 수고 인사와 격려, 다양한 말들을 나누는 자리인 듯싶었다.

"이동을 원하시면 이동이라고 말씀해 주시면 됩니다. 그러면 단체 공간에서 빠져나와 개인 보상 공간으로 이동하실 수 있습니다. 보상 내역만 확인하는 것은 여기서도 가능합니다만, 하시겠습니까?"

"일단 보류."

시온의 안내에 동원이 고개를 저었다. 보상도 보상이지만, 함께 최선을 다해 싸운 동료들과 이야기를 나누고 싶었기 때문이다.

"고생했다. 너희 둘 덕분에 디펜스가 한결 수월했어. 현실에서 한 번 만났던 것도 인연인데, 매칭(Matching)을 통해서 다시 만날 줄이야."

"무슨 말씀이십니까, 형님. 막판에 형님이 중력 폭탄을 안 던지셨으면 저희 지금쯤 저승에서 모임을 하고 있었을걸요? 형님의 안배가 우리 모두를 승리로 이끈 거죠."

황찬성이 엄지손가락을 치켜들었다. 진심이었다. 동원의 중력 폭탄은 신의 한수였다.

이런 상황을 미리 예측하고 준비한 것은 아니었겠지만, 결과적으로는 아슬아슬하게 미션 클리어에 성공할 수 있었던 비장의 한 수가 된 것이다.

"이번 판은 형이 캐리한 거죠. 형 없었으면⋯ 상상도 하기 싫습니다. 제가 원래 남 칭찬은 잘 안 하는 타입이거든요. 근데 할 때는 해요. 이번에는 형님이 저를 먹여 살리신 겁니다."

황찬열이 맞장구를 친다. 좀처럼 좋은 말을 하지 않던 황찬열이 칭찬해 주니 잘 웃지 않는 동원의 입가에도 미소가 걸렸다.

"유리 씨, 유리 씨가 아니었으면 디펜스 양상이 아예 달라졌을 거예요. 정말 묵묵하게 뒤에서 한 차례도 쉬지 않고 지원 사격을 해주셨어요. 감사드립니다."

동원이 이유리에게도 공손하게 인사를 건넸다. 그녀의 얼굴에는 구슬땀이 맺혀 있었다. 전투가 끝나는 그 순간까지 계속 활과 화살을 잡고 있었던 치열함의 증거였다.

"동원 씨를 만나서 좋았어요. 그리고 쌍둥이 두 분에게도 감사드려요. 저 역시 동원 씨가 이번 미션에 가장 큰 역할을 하셨다고 생각해요. 저는 운이 좋은 것 같아요. 덕분에 죽는다는 생각보다, 최선을 다해 싸우면 이길 거라는 확신을 더 많이 하게 됐으니."

모두가 자신에게 칭찬 세례를 이어가자, 동원은 이렇게 훈훈하게 퀘스트의 끝을 마무리할 수 있어 다행이라는 생각이 들었다. 누군가 희생자가 더 있었다면 그럴 수 없었을 것이다.

"김창식, 그 아저씨는 죽었겠죠? 스피어 밖으로 나가면……."

스피어 내에서 죽으면 그 죽음이 현실에서도 반영된다는 사실은 모두가 알고 있는 사실이었다. 동원은 고개를 끄덕였다. 희생자가 발생하게 됐고, 그 희생자는 대한민국 사람이라면 익히 알고 있는 사람이었다.

과연 그는 어떤 형태로 죽음을 맞이했을까. 잔인한 생각이기도 했지만 동원은 현실로 복귀하는 대로 스피어 내에서의 죽음이 어떤 형태로 발현되는지 뉴스를 통해 확인해 볼 생각이었다. 김창식의 사망 소식이 보도되지 않을 리 없으니까.

"동원 씨, 괜찮으면… 연락처라도 받아놓을 수 있을까요?"

"예?"

"연락처요. 현실에서도 빈틈없이 움직여야 할 거고, 그러다 보면 이곳에서 힘을 합쳤던 동료들이… 필요할 것 같거든요. 찬성 씨와 찬열 씨도… 부탁드려요."

"어째 동원 형에게 연락처를 얻고 싶긴 한데, 보는 눈이 있으니 보험으로 우리한테도 받는 느낌인데요?"

황찬열이 눈을 흘겼다. 하지만 입은 웃고 있었다. 이유리에게 면박을 주는 것이 아니라, 동원이 마음에 들면 마음에 든다고 표현을 하라는 식의 간접적인 압박이었다. 그런 황찬열의 뉘앙스를 느꼈는지 이유리는 살짝 얼굴을 붉히며 동원에게로 시선을 돌렸다.

그녀에 대한 호감 때문이 아니더라도 연락처 교환은 꼭 하고 싶었다. 쌍둥이 형제에게 느꼈던 감정과 비슷했다. 이 사람이라면 충분히 서로를 위해, 그리고 자신의 생존을 위해 많은 것들을 함께하거나 정보를 교환할 수 있겠구나 싶었다.

"안내자에게 기억시킬 수 있죠?"

"가능할 거예요. 가능하지?"

─가능합니다. 개인 공간에서 다시 확인할 수 있습니다.

동원의 물음에 이유리가 안내자에게 묻자, 안내자가 고개를 끄덕이며 답해주었다.

동원은 자연스럽게 핸드폰 번호 열한 자리를 말해주었다. 그리고 황찬성과 황찬열도 뒤를 이어 자신의 번호를 밝혔다.

여자 하나에게 남자 셋이 번호를 말하는 광경, 익숙한 광경은 아니었다.

"후아. 좀 쉴까요? 아직 여유가 없는 것도 아니니."

동원이 먼저 운을 뗐다. 한바탕 전투를 치르고 나니 온몸의 힘이 쫙 풀리는 느낌이었다. 이미 현실에서 하루에 가까운 시간을 잠도 자지 않고 보내온 동원에게 이번 전투는 완벽한 카운터펀치였다.

이제 밖으로 나가게 되면 바로 택시를 타고 집으로 돌아와 잠을 청할 생각이었다. 다음 퀘스트의 대기 시간이 끝나기 전에만 눈을 뜨면 될 것 같았다.

"하아. 씨발…… 이런 엿 같은 퀘스트, 앞으로도 살아남으려면 수도 없이 해야겠죠?"

황찬열이 욕을 내뱉으며 바닥에 쭉 뻗어버렸다. 황찬성은 더 이상 말할 기운도 없는지 매끄러운 검은 바닥 위로 엎드려 버렸다. 이유리는 동원에게서 약간 떨어진 지점에 앉은 채, 그제야 이마에 맺힌 구슬땀을 닦아냈다.

"그렇겠지."

동원이 단언하듯 내뱉은 말에 일행 모두가 일제히 한숨을 내쉬었다. 안도의 한숨, 생존에 대한 기쁨이 담긴 한숨이었다.

그렇게 30분에 가까운 시간 동안. 네 사람은 아무 말 없이 쉬기만 했다. 말은 하지 않았지만 서로가 서로에게 느끼는 감정은 같았다.

이런 사람들을 만나서 다행이다, 하고.

"형님, 또 연락드리겠습니다. 내려가던 길이셨을 텐데 굳이 다시 저희 보겠다고 돌아오지 마시고 푹 쉬십시오. 유리 씨도 만나 뵙게 되어 영광이었습니다. 저도 이제 유명인 지인이 생겼네요, 하하하."

"아니에요. 감사해요, 세 분에게."

"고생 많았다. 고생 많았어요, 유리 씨."

30분의 시간이 흐르고 네 사람은 서로에게 작별 인사를 건넸다. 스피어에서의 작별일 뿐, 현실에서의 인연은 이제부터 시작인 셈이었다.

동원은 함께 다른 라인을 맡아 분전했던 정훈이나 신정철과 제대로 된 인사조차 나누지 못하고 온 사실이 아쉬웠지만, 때가 되면 언제든 만날 사람들이겠지 싶었다. 그때까지 살아 있어야 만날 수 있겠지만 충분히 그럴만한 사람들일 것 같았다.

"그럼, 모두 돌아가죠. 돌아가서 일단은 쉽시다."

"예, 그러면 이만 가보겠습니다, 형님. 이동!"

"이동!"

말이 끝나기가 무섭게 황찬성과 황찬열이 사라졌다.

"연락드릴게요, 동원 씨."

"네, 고생했어요."

"이동."

"그럼 돌아가 볼까, 이동."

이유리까지 떠난 것을 확인하고, 동원은 선택의 통로로 향했다. 이제 스피어 획득에 대한 정산과 선택 절차를 거친 뒤, 현실로 돌아갈 시간이었다.

*　　　*　　　*

"하, 역시 가장 편한 공간은 여기인 것 같군."

선택의 통로로 돌아온 동원이 피로감이 담긴 한숨을 다시 한 번 토해냈다. 꽤 쉬었다고 생각했는데, 몸의 피로감은 한 톨도 풀리지 않았다. 정말 현실로 돌아가면 쓰러져 잠부터 잘 것 같았다.

[본 단체 퀘스트에 대한 추가 보상 절차가 진행될 예정입니다. 다음 목록에 표시되는 생존자 중에서 이번 퀘스트의 완수를 위해 가장 많이 공헌한 인물을 선택해 주시기 바랍니다. 본인은 선택할 수 없으며, 전원 동표로 1위가 나오지 않을 시 추가 보상은 개별 분배됩니다. 5분의 제한 시간이 주어지며, 미투표 시 5 스피어의 페널티가 주어집니다.]

"이런 게 있었나?"

메시지와 함께 동원의 시야에 들어온 것은 자신을 포함한 열 명의 얼굴이 나뉘어 담긴 10개의 칸이었다. 자기 자신을 선택할 수는 없다고 했다. 물론 스스로에게 투표할 생각도 없었지만, 좋은 제한 규정인 듯싶었다. 동원은 이유리의 얼굴을 꾹 눌렀다.

쌍둥이 형제가 고생을 한 것은 사실이지만, 이유리가 뒤에서 묵묵히 계속해서 지원 사격을 해주지 않았다면 여러모로 힘들었을 터였다.

[집계가 진행되고 있습니다.]

안내 메시지가 이어서 나오고.

그리고 약 1분의 시간이 지나자, 메시지가 또 한 번 이어졌다.

[집계가 완료되었습니다. 8표를 획득한 해당 인물에게 수행 완료에 대한 특별 보상의 30%인 3마 스피어가 추가로 주어지게 됩니다. 다음 랭크의 단체 퀘스트에서도 더 멋진 활약을 보여줄 수 있기를 기대합니다.]

메시지와 함께 클로즈업 되며 출력된 얼굴은 자신의 것이었다.

"나에게… 투표를 해준 건가?"

동원이 놀란 표정을 지었다. 팀플레이에 대한 자신의 기여도를 높게 평가해 준 사람이 자신과 한 사람을 제외한 모두였던 것이다.

애초에 특별 보상이나 최다 공헌자를 염두에 두고 싸웠던 것은 절대 아니었다.

그래서 더 특별하게 느껴지면서도, 한편으로는 망설임 없이 자신을 선택해 준 사람들에게 너무 고마울 따름이었다.

30 스피어는 절대 적은 수치가 아니었다. 첫 번째 퀘스트에서 얻은 스피어 보상이 10이었다는 점을 생각해 보면 더더욱 그러했다.

단체 퀘스트에서 최선을 다해, 그리고 팀원을 위해 열심히 싸웠기 때문에 그만한 보상을 동원에게 할 필요가 있다고 사람들은 생각했던 것이다. 특히 마지막 20초 정도를 남겨두고 동원이 보여주었던 모습은 모든 이들이 뇌리에 깊게 박혔을 터였다.

[수행 완료에 대한 보상 : 100 스피어]

[파티원 손실에 대한 패널티 : 10 스피어 삭감 (10인)]

[공헌도 투표에 대한 특별 보상 : 30 스피어]

[보상 총합계 : 120 스피어]

[본 합계에는 포함되지 않은 전투 중의 전리품 보상 30 스피어가 있습니다.]

"총 150 스피어인가. 일단 심플 슈트 한 벌을 구입하면 5 스

피어가 빠질 테고, 현실에서 쓴 돈을 메꾸려면 일단 1스피어
는 써야겠지."

마음 같아선 다량의 스피어를 골드바로 바꾸고 싶었지
만, 가장 의미 없는 욕심이라는 것을 동원은 잘 알고 있었
다.

다만 앞으로 부득이하게 택시와 같은 이동 수단을 사용
할 때를 대비해, 100만 원가량으로 환산이 가능한 골드바
하나는 가지고 있어 볼 생각이었다.

보상은 개인 퀘스트에 비해 많았지만, 안타깝고 아쉬운
점은 패널티였다. 매정한 시스템이었다. 죽은 사람의 숫자
만큼의 스피어를 삭감한다니.

물론 죽은 사람의 숫자만큼 보상 스피어가 늘어났다면
그것은 더 이상했을 것이다. 애초에 그러면 서로가 서로를
살리기 위해 노력할 의미조차 사라지게 되니까. 저것은 일
종의 경고와도 같았다. 네 동료들의 목숨을 하찮게 생각하
지 말라는…….

"카운터."

동원이 다음 생각으로 떠올린 것은 T1 기술, 가칭 카운터
였다.

전투를 치르면서 동원은 카운터의 효과를 꽤 많이 봤다.

동원의 전투 스타일상 방어, 회피, 공격 동작이 유기적으

로 연계되는 일이 많은데, 카운터는 그런 동원의 공격을 순간적으로 극대화시켜 줄 수 있는 좋은 기술이었다.

"시온, 1레벨 이후로 요구하게 되는 스피어 포인트 수치를 알 수 있을까?"

현재 카운터는 1레벨만 찍혀 있는 상태다. 동원은 여기에 좀 더 추가를 해볼 생각이었다.

"필요 수치는 다음과 같습니다. 1레벨 기준으로 각 레벨별로 필요 요구량을 정리한 수치입니다."

팟.

동원의 앞에 붉은 글씨로 표시된 숫자들이 좌측부터 차례대로 펼쳐져 나오기 시작했다.

[T1 기술 스피어 포인트 필요 수치 : 1, 5, 1ㅁ, 2ㅁ, 4ㅁ, 8ㅁ, 16ㅁ, 32ㅁ, 64ㅁ, 128ㅁ, 256ㅁ.]

일목요연한 정리였다. 갈수록 기하급수적으로 늘어나는 수치의 향연에 동원은 자신도 모르게 윽 하고 신음을 토해냈다.

하지만 꼭 저 수치가 많다고 볼 수도 없었다. 아마 저 정도의 테크닉 레벨을 갖출 만한 시점이 오면, 그만한 보상이 주어지는 상황이 만들어져 있을 것이다.

"5레벨까지면 적당하겠지. 한 방, 한 방의 위력을 늘릴 필요가 있어. 그만큼 대기 시간도 짧아지니까 활용 빈도수가 높아질 거고."

동원은 카운터에 욕심을 냈다.

"T1, 그러니까 카운터 기술을 5레벨까지 올리게 되면 어떻게 적용되지?"

[T1(카운터) : 회피 동작 이후, 다음 공격 1회의 위력을 2.5배(+2 × 5레벨) 강화시킵니다. 재사용을 위한 대기 시간은 17초(-1.5 × 5레벨)입니다.]

시온이 친절하게 내용을 안내해 주었다. 이렇게 되면 위력은 12.5배가 강화되고, 대기 시간은 9.5초로 줄어들게 된다. 회피 시 공격 1회에 대한 강화였지만, 그것으로도 충분했다.

어차피 T2 기술은 E랭크가 되어야 활성화된다. T3 기술과 얼티밋도 마찬가지. 동원은 카운터에 힘을 실어주기로 했다.

기술에 대한 포인트 투자 계획까지 세우니 총 81 스피어가 필요했다. 남은 포인트는 69 스피어.

동원은 우선 스탯 중에서 힘에 30, 민첩성에 9를 투자하기로 했다.

지혜나 정신력, 물리적 방어력이나 항마력, 운, 투지 등등의 다른 스탯은 지금 당장 자신에게 큰 쓸모가 없어보였기 때문이다.

진행은 빠르게 이루어졌다.

동원은 가장 먼저 심플 슈트 한 벌을 구매한 뒤, 트레이닝복 형태로 착용했다.

그다음 1 스피어를 20g 용량의 골드바로 교체했다. 그러자 동원의 손에 가벼운 골드바 하나가 쥐어졌다. 이것이 약 100만 원의 값어치를 하는 것이다.

그다음으로 카운터 기술을 5레벨까지 발전시켰다.

마지막으로 남은 포인트는 각각 힘과 민첩성에 분배됐다.

힘에 30 스피어를 투자하자 몸의 근육이 전반적으로 더 단단해진 느낌과 함께 묵직함이 느껴졌다. 약간의 수치가 증가된 민첩성은 몸의 움직임을 가볍게 해주었다. 체감 가능한 변화였다.

남은 30.7 스피어는 여분으로 남겨두었다. 0.7 스피어는 이번 퀘스트 수행 전에 남아 있던 잔여분의 승계였다.

여분을 남겨 둔 건, 다음 퀘스트를 진행하게 되었을 때 상황에 맞게 필요한 물품을 구입하거나 변화를 줄 생각에서였다.

너무 많이 남길 필요도 없지만, 그렇다고 남김없이 다 쓸 필요도 없었다.

이렇게 분배도 끝이 났다.

남은 것은 다시 현실로 돌아가는 일이다.

"후."

깊은 한숨이 터져 나온다. 이번 퀘스트는 정말 분초를 다투어야 했고, 쉴 틈이 거의 없었으며, 죽기 직전의 상황까지 이르렀던 극한의 미션이었다.

약육강식(弱肉强食), 힘의 논리가 목숨과 직결되는 세상. 스피어 안의 세상은 그러했다.

"더 강해져야만 해."

결론은 그것이었다. 강해져야 한다.

돈? 명예? 지위? 이제 현실에서 자신이 어떤 삶을 살고 있는지는 중요하지 않았다.

그 이름 유명한 김창식도 단 한 번의 실수로 비명횡사를 한 곳이었다.

더 강한 힘, 더 많은 능력, 더 강해진 기술. 이것들이 필요했다.

"강해지지 않으면 아무런 의미도 없어. 그저 죽는 날만 연기될 뿐이겠지. 반드시 강해져야만 한다."

동원이 되뇌듯 계속 반복하여 말했다. 스스로에게 목표 의식을 확실하게 심어주기 위해서였다.

죽으면 모든 것이 끝나는 세계다.

그리고 죽지 않기 위해서는… 오로지 힘, 힘이 필요했다.

그것이 새롭게 재편될 이 세계의 논리이자 중심이었다.

　그리고 그날 이후.
　2주의 시간이 지났다

『월드 플레이어』 2권에 계속…

내일을 향해 쏴라

김형석 장편 소설

FUSION FANTASTIC STORY

1만 시간의 법칙!
'성공은 1만 시간의 노력이 만든다' 는 뜻이다.

그러나…
사회복지학과 복학생 수.
전공 실습으로 나간 호스피스 병동에서
미지와 조우하다.

1만 시간의 법칙?
아니, 1분의 법칙!

전무후무한 능력이 수에게 강림하다!
맨주먹 하나로 시작한 수의
인생역전이 시작된다!

Book Publishing CHUNGEORAM

유령이 아닌 자유추구
WWW.chungeoram.com

박선우 장편 소설
FUSION FANTASTIC STORY

PERFECT GAME 퍼펙트 게임

고통과 좌절의 시간들을 뛰어넘어
불사조처럼 일어나 세계를 제패한 사나이의 일대기.

대한민국을 넘어 메이저리그를 평정하며
명예의 전당에 헌정된 언터처블 투수, 이강찬.

강철 같은 어깨에서 뿜어져 나오는 그의 패스트볼은
무적이었으며 야구계에 길이 남을 **신화**였다.

야구만을 사랑했던 고독한 사나이.
그의 **퍼펙트게임**이 이제 시작된다!